SEITENWEISE VORAUS

15 GUTE NACHT GESCHICHTEN ZUM AUFWACHEN

15 LESEPROBEN AUS DEN BÜCHERN VON BRITA ROSE BILLERT

Zur Autorin:
Brita Rose Billert wurde 1966 in Erfurt geboren und ist Fachschwester für Intensivmedizin und Beatmung, ein Umstand, der auch in ihren Romanen fachkundig zur Geltung kommt. Ihre knappe Freizeit verbringt sie mit ihrem Pferd beim Westernreiten durch das Kyffhäuserland in Thüringen. Sie hat durch ihre Reisen in die USA viele Freundschaften mit Native Indians in Utah, South Dakota und British Columbia geschlossen. Diese Tatsache, die Liebe zu den Pferden und ihrem Job inspirieren Sie zum Schreiben. Sechs Romane sind bereits publiziert. Autorenhomepage: www.brita-rose-billert.de

SEITENWEISE VORAUS

BRITA ROSE BILLERT

15 GUTE NACHT GESCHICHTEN ZUM AUFWACHEN

„Kindern erzählt man Geschichten zum Einschlafen.
Erwachsenen, damit sie aufwachen."

Jorge Bucay
(argentinischer Autor und Psychiater)

Bibliografische Infomation der Deutschen Nationalbibliothek:
Dei DeutschenNationalbibliothek verzeichnet diese Publikation
in der Deutschen Nationalbibliografie, detaillierte
bibliografische Daten sind im Internet über dnb.dnb.de
abrufbar.

TWENTYSIX – Der Self-Publisching-Verlag
Eine Kooperation zwischen der Verlagsgruppe Random House
und BoD – Books on Demand

Layout, Cover & Design: Robert Billert
Lektorat, Korrektur: Brita Rose Billert, Andrea Klein

Herstellung und Verlag:
BoD – Books on Demand, Norderstedt

ISBN: 9783740752156

Maggie Yellow Cloud - Eine Ärztin in Gefahr

Ethno Thriller

Die junge Ärztin, Maggie Yellow Cloud, liebt ihre Arbeit in der Notambulanz des Indian Hospitals in Pine Ridge. Mit all ihrer Kraft kämpft sie für ihre Patienten, die ihr vertrauen. Als ihr auffällt, dass immer weniger Medikamente und Verbandsstoffe zur Verfügung stehen, überprüft sie die Bestelllisten mit den Lieferscheinen. Dabei stellt sie fest, dass alles korrekt ist. Aber wo sind die dringend benötigten Dinge? Maggie geht dem rätselhaften Verschwinden nach. Immer tiefer gerät sie in einen Strudel aus Verstrickungen, Misstrauen und Gefahr.

1

Es war Ende Juni. Die Trockenheit ließ die wenigen Blumenbeete und Grünanlagen verdorren. Der kurz gemähte Rasen, der noch vor zwei Wochen wie ein grüner Teppich stand, hatte sich in ein staubiges Graugrün verfärbt. Von einer Sprenkleranlage wagte hier niemand zu sprechen. Das Wasser reichte in den heißen Sommermonaten kaum für Menschen und Tiere. Selbst im Hospital ließ zeitweise der Druck in den Leitungen nach.

Schwester Mary Night Killer bewohnte ein kleines Haus, das mit anderen gleicher Bauweise, nebeneinander in einer Reihe entlang der breiten Straße stand. Am Nachmittag stoppte ein schwarzer Dodge RAM Truck vor Marys Haus. Auch sie hatte den

Versuch unternommen und einige Blumen in ihren Vorgarten gepflanzt. Maggies Blick blieb an ihnen haften, während sie ausstieg und langsam zur Haustür ging. Nur eine stachelige, graugrüne Agave hatte sich behaupten können. Eine Steppenpflanze, der die Trockenheit nichts anhaben konnte.

Hinter dem RAM stoppte eine schwarze Limousine, gerade als Robert im Begriff war, die Fahrertür zuzuwerfen. Er blieb stehen und wartete. Es war offensichtlich, dass der Mann, der ihn bereits schon mal aufgesucht hatte, zu ihm wollte. Robert beobachtete ihn skeptisch und ahnte nichts Gutes. Er hüllte sich in Schweigen und antwortete auch nicht, als Thorney ihn grüßte. Schließlich nickte er. Maggie verschwand im Haus und rief nach der Katze.

„Warum haben Sie mir verschwiegen, dass Sie da draußen Geschosshülsen gefunden haben, Yellow Cloud?", begann Thorney.

„Wenn Sie zugehört hätten, hätten Sie es gewusst."

„Sie haben es nicht erwähnt und das ist vorsätzliche Vertuschung von Tatsachen und widerrechtlicher Besitz von Beweismaterial! Haben Sie eine plausible Erklärung? Sie behindern unsere Ermittlungen!"

Robert atmete tief durch und schwieg.

Thorney trat einen Schritt näher und zischte: „Es war ihr eigener Bruder. Sind Sie nicht daran interessiert, dass der Killer seine gerechte Strafe bekommt? Sie belasten sich selbst."

Sie haben das Recht zu Schweigen. Alles was Sie sagen kann gegen Sie verwendet werden, hörte Robert die Worte in seiner Erinnerung. Er zog es vor, von seinem Recht zu schweigen Gebrauch zu

machen.

„Was hatten Sie für ein Interesse an dem roten Mustang?"

Robert antwortete nicht.

„Gut. Wie Sie wollen. Ich brauche keinen Haftbefehl. Ich kann Sie auch so zu einer Vernehmung mitnehmen."

„Ich habe es schon mal gesagt. Sie folgen der falschen Spur", entgegnete Robert ruhig.

„Dann zeigen Sie sich kooperativ, verdammt nochmal!"

Robert überlegte kurz, griff tief in die Hosentasche und holte etwas hervor. Dann gab er Thorney die Hülse. Der starrte auf das kleine Ding auf seiner Handfläche. Schweigend blies er die Luft durch den Spalt seiner Lippen. Dann sagte er: „Das ist `ne Nummer größer, als ich dachte. Sie kommen mit, Yellow Clod!"

Robert bereute seinen Fehler. Aber dazu war es zu spät. Er presste die Lippen aufeinander und nickte.

Maggie stand allein am Fenster in Marys Wohnung und beobachtete wie ihr Mann zu Thorney in den FBI Wagen stieg. Besorgt blickte sie ihm hinterher. Die Katze war nicht gekommen. Entweder hatte sie sich verkrochen und lauerte in ihrem Versteck oder sie streunte draußen umher. Maggie seufzte und fand sich damit ab, in Marys Wohnung auf Roberts Rückkehr zu warten. Heute sicher nicht mehr. Die Angst ließ ihr Herz schneller schlagen und sie fühlte einen kühlen Schauer auf ihrem Rücken. Wenn das FBI Leute holte, dauerte es oft lange, bis sie zurück kamen. Schließlich holte sie eine der Einkaufstüten aus dem Truck und packte sie in der Küche aus.

Stunden vergingen. Maggie konnte die Buchstaben in der Dämmerung kaum noch erkennen. Sie legte das Buch beiseite und ging zum Fenster. Robert war nicht zurück gekommen und Mary war noch im Hospital. Selbst die Katze hatte sich nicht blicken lassen. Nachdenklich verschränkte Maggie die Arme und kaute auf der Unterlippe. Ihre Überlegungen brachten keine Antwort auf die Frage, weshalb der Mann vom FBI ihren Mann mitgenommen hatte. Schließlich zog sie den Vorhang zu, schaltete die kleine Lampe an und dann den Fernseher. Er gab ihr das Gefühl, nicht ganz allein zu sein. Langsam schlenderte sie in die Küche und öffnete den Kühlschrank. Das Abendessen war längst kalt geworden. Maggie seufzte und holte sich eine Packung Orangensaft heraus. Als sie nach einem Glas greifen wollte, hielt sie inne und lauschte. Es hatte geklungen wie ein Poltern gegen die

Hauswand.

Dann Stille.

Maggie wartete. Nichts geschah.

Sie schenkte sich vom Saft ein und stellte den Tetrapack zurück in den Kühlschrank, bevor sie am Glas nippte. Ein leises, kaum hörbares Geräusch an der Tür ließ sie erneut aufhorchen. Ein Scharren, dann war es wieder still, bevor etwas sanft von außen dagegen schlug. Maggie stellte das Glas ab und ging zur Tür. Bevor sie öffnete, lauschte sie noch einmal, das Ohr dicht an der Tür. Aber es blieb still. Maggie entschied sich, dem auf den Grund zu gehen und öffnete sie vorsichtig. Sie konnte nicht vermeiden, dass ihr Puls jagte. Ihr ganzer Körper war angespannt und entlud sich in einem sekundenschnellen Zusammenzucken aller Muskeln, als ein schwarzes Etwas durch den Spalt der geöffneten Tür an ihr vorbei huschte.

„Gleschka!", rief Maggie entsetzt und atmete erleichtert tief durch. Sie blickte zum RAM. Dann streifte sie die Straße und den kleinen Vorgarten mit ihrem Blick, bevor sie die Tür wieder schloss. In der Küche schepperte es.

„Gleschka!", rief Maggie noch einmal und ging auf die gefleckte Katze zu.

„Na, du Streunerin. Hat dich der Hunger nun nach Hause getrieben?", fügte sie schon versöhnlicher hinzu und strich ihr über das Fell. Die Gefleckte schien es zu genießen und schnurrte leise. Maggie füllte ihren Napf, während das Tier um ihre Beine schlich. Plötzlich huschte sie weg. Maggie ließ erschrocken den Napf zu Boden fallen, als sie den Mann auf sich zukommen sah. Alles begann sich zu drehen, der Boden wankte und das Blut schoss heiß in ihren Kopf. Ein unvermeidliches Zittern durchfuhr ihre Glieder.

„Kenneth", wisperte Maggie kaum hörbar, während sie ihn entsetzt anstarrte. Er hatte ein Bowiemesser in der Hand und stieß sie wortlos, im Bruchteil einer Sekunde, zu Boden.

„Nein!", schrie sie entsetzt auf.

Maggie atmete schwer unter dem Gewicht des großen, kräftigen Mannes.

Ein Schuss fiel. ...

2

**Simon McPherson ist ein junger, weißer
Assistenzarzt an Maggies Seite, der nach dem
Studium verpflichtet wurde, ein zweijähriges
Praktikum in der Notaufnahme des Indian
Hospitals zu leisten. Entgegen aller Erwartungen
ist er ehrlich um die Patienten im Reservat
bemüht, obwohl sie es ihm nicht gerade leicht
machen. Sie Misstrauen dem weißen Arzt. Simon
gibt nicht auf und mischt sich schließlich auch in
Dinge, die ihn nichts angehen.**

...Gegen vier Uhr morgens wachte Simon, zwischen
zerwühlten Decken und Kissen, im Bereitschafts-
zimmer des Hospitals auf. „Was?", hörte er sich laut
fragen. Er musste geträumt haben. Simon setzte sich
auf und fuhr sich mit den Händen durch die Haare,
während er tief durchatmete. Dann stand er auf und
hielt seinen Kopf unter das kalte Leitungswasser. Er
war sich nicht genau sicher, als er meinte Harry
Yellow Cloud und Kenneth Calling Tree seien in
seinem Traum aufgetaucht. Doch so sehr sich Simon
auch anstrengte, er brachte keine klaren Zusammen-
hänge in dieses Wirrwarr seines Unterbewusstseins.
Simon griff zur Zahnbürste und schrubbte ausgiebig
über seine Kauflächen. Kurze Zeit später griff er
nach dem Telefon, um seinen Freund, Steve
Sherman, anzurufen. Vielleicht konnte der ihm
helfen.

„Guten Morgen", sagte Simon schuldbewusst und
ließ die Standpauke seines Freundes über sich
ergehen, ihn um diese Zeit aus dem Bett zu holen.
Dennoch nahm Steve Simons Besorgnis ernst.

„Du bist doch Arzt, Simon. Schon mal was von

Schweigepflicht gehört?"

„Ja, aber du bist der Einzige, der mir helfen kann."

„Sie sollte sich an die Polizei vor Ort wenden."

„Schon geschehen."

„Gut. Dann lass die ihren Job machen, Simon."

„Steve! Ich kann nicht mehr schlafen. Wozu habe ich einen Polizisten zum Freund, der beim FBI arbeitet?"

Simon hörte das leise Lachen am anderen Ende.

„Ist sie es wert?"

„Ja, verdammt. Nicht was du denkst. Sie ist verheiratet und hat eine sehr nette Familie", antwortete Simon unwirsch.

Wieder hörte Simon ein leises Lachen, bevor Steve fragte: „Was dachte ich denn?"

„Vergiss es", knurrte Simon.

„Hey, Kumpel. Wo ist dein Sinn für Humor geblieben?"

„Bin im Moment nicht gut drauf. Es hat Tote gegeben. Von einem habe ich gerade geträumt. Der war mit einem zusammen, der noch lebt. Ich weiß nicht, was das bedeuten soll. Vielleicht wollten sie mir etwas sagen. Vielleicht ist der ja der Nächste?"

Einen Augenblick herrschte Stille. Dann antwortete Simons Freund.

„Vorsicht Simon. Halte dich lieber fern davon."

„Dazu ist es zu spät. Ich stehe hier mittendrin, ob ich es nun wollte, oder nicht. Die Puzzleteile verwirren mich zu sehr und ich sehe noch kein klares Bild. Maggie ist in Gefahr und das steht fest!"

Simon hörte seinen Freund deutlich atmen.

„Okay. Du bringst mich noch in Teufels Küche, mein Freund. Der Tote aus eurem Hospital, dessen

Fingerabdrücke du mir schicktest und ich analysiert habe, gehörte zu einer Bande von Waffenhändlern. Illegale Waffen. Das FBI ermittelt in mehreren Staaten. Mehr kann und darf ich dir nicht sagen."
Die Stimme klang ehrlich besorgt.
„Danke, mein Freund", erwiderte Simon niedergeschlagen.
„Sei vorsichtig; Simon!" ...

ISBN-10: 3941485091

ISBN-13: 978-3941485099

Maggie Yellow Cloud - Das verkaufte Herz

Ethno Thriller

Die junge Lakotaärztin, Maggie Yellow Cloud, kämpft um das Leben ihrer Nichte, Shauna. Nach einem Unfall erwacht diese nicht aus dem Koma. Eine neurologische Klinik ist an der kleinen, erst sechsjährigen Patientin interessiert und will sogar alle Kosten übernehmen. Die Familie gewinnt neue Hoffnung. Einen Tag später wird Shauna in der fremden Klinik für Hirntod erklärt. Maggies innere Unruhe und böse Träume treiben sie nach Utah, in diese Klinik. Ihre geheime Hoffnung ist ihre Studienfreundin, Lynn Yazzie, eine Navajoärztin. Doch Maggie ist erstaunt, wen sie stattdessen dort antrifft.

Und ähnlich einem uralten Opferritual werden im Norden des Navajoreservates immer wieder Schafkadaver gefunden, denen das Herz fehlte. Noch gibt es kein Menschenopfer. Maggie ahnt nicht, in welche Gefahr sie sich begibt.

3

...Der Wind fuhr in die Bäume und trug den Geruch der Ponderosakiefern mit sich. Er spielte mit den Blättern der Cottonwoods und wirbelte das erste verwelkte Buchenlaub durcheinander. Weiter oben, am hellblauen Himmel, trieb er kleine Wolkenberge, gleich einer Schafherde, vor sich her. Der Herbst hatte längst Einzug gehalten, hatte die Blätter in pupurot und orange gefärbt. Wenn der Wind in die

Baumkronen fuhr, flirrten die Farben durcheinander und es schien, als stünden die Bäume in Flammen. Im Verborgenem bereiteten sich die Tiere des Waldes auf den bevorstehenden Winter vor. Nur das leise Rascheln verriet ihr Tun. Die Tage waren bereits kürzer geworden. Die Sonne hatte an Kraft verloren. Sie stand, an diesem letzten Freitagmorgen im September, noch tief im Osten. Ihr gleisendes Licht wirkte kühl. Es brachte den Tau auf den Hochebenen der bewaldeten Berge zum Glitzern. Der langgezogene Schrei eines Falken, der seine Kreise über der Lichtung zog, erregte die Aufmerksamkeit einer einsamen menschlichen Gestalt. Sie stoppte ihr Pferd und sah suchend hinauf. Die schwarzen Mandelaugen hatten ihr Ziel anvisiert. Der Blick der Betrachterin folgte dem Raubvogel. Wieder vernahm sie seinen Schrei. Das Pferd schnaubte leise. Die junge Navajoärztin atmete tief durch, genoss ihren freien Tag, den Geruch des Waldes, die Schönheit des Landes und die frische, kühle Luft in ihrem hellbraunen Gesicht. Der Wind fuhr in ihr Haar und brachte es durcheinander. Sie lachte. Er tat es immer und immer wieder, seit Lynn Yazzie denken konnte. Der Wind war immer und überall. Der Wind war unsichtbar und wie ein Geist tauchte er auf und verschwand, ganz wie es ihm beliebte. Er erweckte die Bäume und Sträucher zum Leben, verzauberte sie in Fabelwesen. Der Wind war ein mächtiger Geist, der seine Jahrtausend alten Spuren überall hinterlassen hatte. Er pfiff durch die Felsenklüfte und summte sehnsüchtige Melodien. Reglos saß Lynn auf ihrem hellbraunen Hengst, der die uralte Zeichnung des Wildpferdes trug, und lauschte. Das Pferd hob den Kopf und drehte die Ohren aufmerksam. Es musste etwas vernommen haben, was kein menschliches Ohr zu hören vermochte. Dann nahm es Witterung auf. Lynn hatte es längst bemerkt und lächelte.

„Der Wald ist voller Geister, nicht wahr, Sequoia", flüsterte sie.

Beunruhigt war sie deshalb keineswegs. Sie kannte ihr Pferd genau. Sie waren eins. Vielleicht trieb sich ein Raubtier in ihrer Nähe herum, was hier oben, in den Blue Mountains, in Utah, durchaus nichts Ungewöhnliches war. Der Berglöwe, der Wolf und der Bär waren hier genauso zu Hause wie die Dine`, die Ureinwohner dieses Landes, die die Weißen Navajo nannten. Lynn Yazzie ließ ihren Hengst antreten. Der setzte seine Hufe fest und sicher auf den schmalen Sky-Trail, der steil bergab in das Dickicht des Waldes führte. Steinchen lösten sich aus dem Geröll und kullerten leise hinab. Die Stille der Wildnis umgab sie. Die hatte ihren ganz eigenen Sound. Dann zerrissen klägliche Schreie die Stille. Es klang, als würde ein Schaf um sein Leben wimmern, so, als würde es jemand quälen. Lynn hielt inne. Auch der Hengst lauschte. Das Tier schrie im Todeskampf.

Nur etwa eine Minute später war es merkwürdig still. Der Spuk war vorbei, als hätte es ihn nie gegeben.

Doch Lynn zweifelte nicht an ihren Sinnen. Langsam ritt sie in die Richtung, aus der die Schreie gekommen waren. Einige abgebrochene Zweige fielen Lynn auf. Nicht solche Spuren, wie wilde Tiere sie hinterließen. Menschen mussten hier oben sein. Die Bruchstellen an den Zweigen waren noch feucht. Es konnte also noch nicht lange her sein, dass sie abbrachen. Dann meinte sie Hufspuren entdeckt zu haben. Welkes Laub war umgekehrt. Lynn stieg vom Pferd und sah sich das genauer an. Sequoia wurde wieder unruhig. Er roch die Gefahr und drängte Lynn zur Flucht. Jemand musste das Tier gerade erlegt haben, dachte sie. Lynn berührte die Erde vorsichtig mit den Fingern. Die Erde war an dieser Stelle feucht. Also war der Jäger, vielleicht auch zwei, ganz in der Nähe. Lynn saß auf.

Kurze Zeit später beherrschte der glatte, rote Felsen den Weg. Lynn überließ ihrem Freund die Führung. Der Hengst wusste genau, was er tun musste, um nicht zu stürzten. Trittsicher bewegte er sich über den Felsen. Die junge Ärztin, die in einem Hospital arbeitete, das früher zum San Juan River Indian Health Service, Moab, gehörte, nutzte gern ihre freien Tage, um in die Blue Mountains zu reiten. Manchmal suchte sie die Einsamkeit. Manchmal war sie mit Verwandten, Freunden oder auch Kollegen unterwegs. Dann benutzte sie den Pferdetrailer, um die etwa zwanzig, fünfundzwanzig Meilen über die Dirty Road direkt in die Berge hinein zu fahren. Die Blue Mountains erhoben sich majestätisch aus der Wüste und wirkten aus der Ferne gesehen dunstig und rauchblau. Im Winter lag der Schnee hier oben so hoch, dass man sich nur mit Schneeschuhen vorwärts bewegen konnte. Selbst die Pferde sanken dann bis zu ihren Bäuchen ein. Lynn wusste das ganz genau, denn Vater und Bruder hatten sie manchmal mit auf die Jagd genommen. Es war beschwerlich und kräftezehrend, aber wie ein

Zauber. Es war mehr, als der Hirsch, den Mutter zu einem köstlichen Braten zubereitete. Es war ihr Leben, ihre Identität, um wieder zu dem zu werden, die sie waren: Native Americans vom Volk der Dine`. Heute war Lynn allein mit dem Pferd. Sie fürchtete sich nicht, denn sie war ein Teil dieses Landes. Mit dem Sonnenaufgang war sie aufgebrochen. Zu deren Untergang wollte sie wieder zu Hause sein.

Lynn trug eine geblümte Flanellbluse, darüber eine rote Steppweste. Ihr langes Haar reichte weit über die Schulter hinab. Sie hatte versucht, sich einige blonde Strähnchen hinein zu färben, wie es bei den jungen Navajofrauen im Augenblick Mode zu sein schien. Das schwarze Haar hatte die Farbe nicht vollständig angenommen, als wäre es mit der Veränderung nicht einverstanden gewesen. So sah es vergleichsweise aus, als befände sich ein Strudel Milchkaffee im Schwarzen.

Der Hengst wurde plötzlich wieder unruhig. Seine Muskeln spannten sich. Er stellte die Ohren auf, während seine Nüstern bebten. Aufgeregt sog er die Atemluft ein und stieß sie aus, sodass er schnaufte. Irgend etwas schien tatsächlich nicht zu stimmen. Lynn spürte die Gefahr, vor der sie ihr Pferd warnte. Sie sah sich um und lauschte. Sie konnte Sequoia nicht überzeugen, noch einen Schritt weiter voran zu gehen. Sie stieg ab.

Er weigerte sich, ihr zu folgen. Also band sie ihn an einen jungen Baum. Dann ging sie ein paar Schritte weiter, bevor auch sie erstarrte. Auf dem mit Laub bedecktem Boden lag ein totes, gerade frisch aufgebrochenes Schaf. Es war kein wildes

Schaf und ein Raubtier hatte es nicht geschlagen. Es waren die Spuren menschlichen Tuns. Immer wieder waren in letzter Zeit Schafe gestohlen worden. Die Züchter hatten bereits Alarm in der gesamten Navajoreservation geschlagen, die Stammespolizei hatte verschiedene Fälle aufgenommen und die Navajo Country Times hatte einen Artikel gebracht. Erst letzte Woche! Lynn hatte es gelesen. Die Navajo redeten sich die Köpfe heiß und die Munition für ihre Jagdgewehre war seit dem ausverkauft.

Lynn schüttelte betreten den Kopf, während sie das Tier betrachtete. Dem Tier war die Halsschlagader aufgeschnitten und der Brustkorb aufgebrochen. Lynn erschrak innerlich. Nur das Herz fehlte!

Blitzartig sah sich Lynn um und lauschte. Sie war nicht allein! Lynn wurde heiß. Der Jäger hatte das Schaf nicht erlegt, er hatte es getötet. Das war ein sehr seltsames Verhalten. Er musste in der Nähe sein. Lynn fand es sehr eigenartig, dass das Tier kein wildes Dickhornschaf war, sondern ein Haustier, so wie es die meisten Navajofamilien in Herden hielten und züchteten. Das könnte das rätselhafte Verschwinden der Zuchtschafe erklären! Kein Jäger, kein normal denkender Mensch schleppte ein Zuchtschaf hierher. Es musste ein Verrückter sein, ein richtig kranker Mensch. Lynn empfand Abscheu und eine Spur Angst schlich sich in ihre Gedanken, während sie ihren Blick weiter umher schweifen ließ. Sie hatte die Augen und die Ohren des Jägers.

Der Hengst hatte Angst und machte Anstalten zu fliehen. Pferde flohen vor dem Geruch frischem Blutes, vor dem Geruch des Todes. Es bedeutete für sie in großer Gefahr zu sein und setzte ihren Urinstinkt der Flucht frei. Der junge Baumstamm bog sich unter der Kraft des Hengstes. Langsam ging Lynn zu ihrem Pferd. Es war höchste Zeit, diesen Ort zu verlassen.

„Ich weiß, mein Freund. Wir werden beobachtet", flüsterte sie ihm zu. Ihr Herz begann wild zu Trommeln und jagte das Adrenalin mit dem Blut durch ihren Körper, als sie das leise Knacken der Zweige vernahm. Blitzartig schoss ein eisiger Schauer in ihrem Körper hinauf, der ihr Blut gefrieren lies. Lynn hörte das Pochen ihres eigenen Herzens, als sie meinte, einen Schatten zwischen den Bäumen gesehen zu haben.

„Wer ist da?", fragte sie.

Lynn vernahm ein dunkles Lachen. Dann tauchten zwei Männer vor ihr auf. Der eine lächelte. Blutspuren waren an seinen Händen. Er hielt das Messer noch fest umklammert.

„Sie?", fagte Lynn erstaunt. ...

4

Maggie ist zu Gast im Haus des Arztes Rex Yazzie und dessen Frau, in Blending, Utah.

Der Nachmittag verging wie im Flug. Maggie konnte das Gefühl, auf der Stelle zu treten, nicht loswerden. Nach dem Telefongespräch mit Simon McPherson ging sie in das Badezimmer. Während das Wasser über sie lief, kreisten ihre Gedanken noch immer um seine Worte. Sie beschäftigten Maggie im Augenblick mehr als Fowlers eigenartiges Benehmen. Antonio hatte Simon von

Gestalten erzählt, böse Geister ohne Gesicht, die den Menschen ihre Seelen abkauften. Nun war Antonio Martinez jüngerer Bruder spurlos verschwunden. Gab es eine Verbindung zwischen beiden Vorfällen? Natürlich! Shauna war eine Patientin und Antonios Bruder war zumindest im Sioux San Hospital zu einer harmlosen Blutuntersuchung gewesen. Maggie fröstelte. Sie stellte das Wasser ab und wickelte sich in das weiche, duftende Badehandtuch. Fowler hatte zunächst behauptet, Shauna nicht zu kennen, obwohl er sie untersucht hatte. Er hatte von Spuren geredet, die sich hier verlieren. Also muss es noch mehr Geheimnisse geben. Fowler hat das vielleicht schon herausgefunden. Maggie wurde schwindlig bei diesen Gedanken. Konnte sie ihm wirklich noch trauen? Welchen Spuren folgte er?

Ich muss unbedingt mit ihm reden, dachte Maggie, während sie sich ankleidete.

Was hatte Großvater Ian zu ihr gesagt? Manchmal muss man sich ein Stück weit von den Dingen entfernen, um sie besser sehen zu können. Manchmal muss man sich ein Stück weit von sich selbst entfernen, um Antworten auf die Fragen zu finden. Rasch föhnte Maggie ihr Haar. Es war noch feucht, als sie ins Wohnzimmer ging.

„Ist Doktor Fowler noch nicht hier?", fragte Maggie erstaunt.

„Nein", antwortete Quinneth Yazzie. „Er lässt sich bei dir entschuldigen. Jeffray hatte einen Anruf. Er musste dringend in die Klinik."

„In welche?", fragte Maggie.

„Das hat er mir nicht gesagt."

Maggie schwieg enttäuscht. Nun konnte sie sich

nicht mehr ungestört mit ihm unterhalten, ihm keine Fragen stellen, nichts Neues erfahren. Wieder hatte sie das Gefühl, auf der Stelle zu treten und die Zeit rann, wie der Wüstensand durch die Finger ihrer Hand. Quinneth war Maggies Enttäuschung nicht entgangen. Sie lächelte.

„Er hat dir eine Nachricht hinterlassen."

Maggie hob den Kopf.

Quinneth gab ihr einen zusammengefalteten Zettel.

„Danke", sagte Maggie.

Maggie setzte sich auf die Couch und faltete ihn auseinander.

Es tut mir sehr leid, Maggie, aber ich wurde dringend in das San Hospital gerufen. Es muss wohl sehr dringend gewesen sein, dass sie ohne mich nicht klar kommen. Ich bitte vielmals um Verzeihung. Die Einladung zum Essen bleibt natürlich bestehen. Meine private Nummer: 110629-53-4290311

Höflichst Ihr Forschungsmediziner J. Fowler

Maggie drehte und wendete den Zettel mehrmals. Er war von irgendwo in größter Eile abgerissen worden. Eine Telefonnummer war kleingedruckt und stand seitlich neben Fowlers Schrift. Maggie musste den Zettel drehen, um sie lesen zu können.

„Alles in Ordnung, Maggie?", fragte Quinneth.

„Ja", antwortete Maggie. Sie faltete den Zettel zusammen und schob ihn in ihre Hosentasche.

„Tja, dann werden wir beide den heutigen Abend miteinander verbringen. Rex ist noch im Hospital, wie üblich. Oft kommt er nicht vor Mitternacht nach Hause. Wenn er sich in seine Arbeit vertieft hat, dann vergisst er die Zeit. Einfach alles. Manchmal wünschte ich, ich wäre sein Forschungsprojekt."

Quinneth seufzte leise.

Es schien nicht außergewöhnlich zu sein, dass Rex Yazzie sein Privatleben hinter dem Forschungsprojekt zurück stellte. Es musste sehr wichtig für ihn sein. Quinneth war eine junge, hübsche Frau und nicht glücklich darüber. Es tat ihr weh. Sie war nicht gern allein. Wer war das schon. Maggie dachte an Robert.

„Ich habe nur nichts gescheites mehr zum Abendessen", fuhr Quinneth fort. „Willst du nicht mit mir einkaufen kommen. Ich koche uns etwas schönes. Vielleicht etwas typisch Indianisches?", lachte Quinneth.

Maggie lächelte.

„Ich habe da ein gutes Rezept von Rex Großmutter. Einfach, schnell und lecker. Sie nannte es Yazzies Yah at eh. Yazzies guten Tag. Es musste wohl ein guter Tag sein, wenn es aus ihrer Küche duftete."

„Danke für deine Einladung. Ich bin gespannt! Ich würde mir allerdings gerne inzwischen die Unterlagen zu dem Projekt ansehen, die mir Doktor Yazzie gegeben hat."

„Ja, ich weiß. Du bist dienstlich hier. Entschuldige, das hatte ich fast vergessen."

„Kein Problem. Es wird nicht bis Mitternacht dauern. Ich verspreche es dir."

Quinneth lächelte zufrieden. „Okay. Es dauert nicht lange. Der Supermarkt ist gleich um die Ecke. Spätestens in einer Stunde bin ich zurück. Ich möchte keinesfalls eine unhöfliche Gastgeberin sein."

„Das bist du keineswegs, Quinneth."

„Danke. Also bis gleich." Mit diesen Worten erhob sie sich und verließ das Haus.

Maggie hörte, wie der BMW startete, das Knirschen der Kieselsteine unter den Reifen. Dann war es still. Maggie stand auf und sah zum Fenster hinaus. Der Silverado stand noch an seinem Platz. Maggies Mustang an der Einfahrt. Sie war allein. Sie musste sich beeilen.

Ihr Herz schlug automatisch schneller, bei diesem Gedanken. Maggie nahm Fowlers Zettel zur Hand und wählte die Nummer. „Diese Nummer ist nicht vergeben", vernahm sie die freundliche Antwort der Stimme vom Band. Maggie war nicht mal enttäuscht darüber, denn für eine Telefonnummer erschien ihr diese sowieso eher ungewöhnlich. Es musste etwas anderes sein. Eine Schlüsselnummer vielleicht. Maggie steckte den Zettel zurück. Sie begann zunächst, sich genau in Wohnzimmer und Küche umzusehen. Dann im Haus. Sie öffnete die Zimmertüren. Auf dem Nachtschrank im Schlafzimmer lagen Bücher. Maggie blätterte darin. Die Zettel, die sie darin fand, waren uninteressant. Hinter der nächsten Tür vermutete sie das Kinderzimmer. Die Yazzies schienen keine Kinder zu haben. Ein Arbeitszimmer. Bücher und Akten stapelten sich bis fast unter die Decke. Maggie atmete tief durch und betrat den kleinen Raum. Die Vorhänge waren zugezogen. Es war dämmrig. Maggie schaltete das Licht an. Dort, wo zu Hause der Einbauschrank seinen Platz hatte, stand ein einfacher Schreibtisch. Darauf ein Computer, ein ziemlich neues Modell sogar. *Wenn ich doch nur irgendeinen Hinweis finden könnte,* dachte Maggie.

Zuerst schaltete sie den Computer an. Während der hochfuhr suchte sie den Schreibtisch ab.

„Natürlich! Ich hätte es wissen müssen", schalt sich Maggie selbst, als der PC ein Passwort verlangte. Sie gab rasch die Nummer ein, die auf Fowlers Zettel stand. Es war auch nicht der Code für Yazzies PC. Maggie war enttäuscht. Es wäre ja zu einfach gewesen. Fieberhaft suchte sie weiter. Die Reagale standen voller Bücher, Zeitschriften und Kokopellis. *Das kann Tage dauern*, dachte Maggie resigniert. Und Quinneth würde schon bald zurück sein. Mit dem Zeitdruck schoss das Adrenalin in ihren Körper und trieb ihr den Schweiß aus den Poren. Das war die einzige Gelegenheit, etwas zu finden. Sie musste einfach etwas finden! Irgend einen Hinweis. Irgend eine Kleinigkeit, die leicht zu übersehen war. Maggies Blick fiel wieder auf den Computer. Dann auf die Uhr. Maggie zog den Zettel aus ihrer Hosentasche, auf dem Fowlers Nachricht stand. Sie wählte die Nummer, die dort so unscheinbar stand. Sie hörte das Rufsignal. Ihr Herz schlug schneller, als ohnehin schon. Es dauerte einige Zeit, bevor jemand abnahm, ohne sich zu melden.

„Hallo", sprach sie irritiert in den Hörer.

Niemand antwortete.

Im Schweigen vernahm Maggie Atemzüge, bevor der Andere auflegte. Maggie spürte die Kälte, die nach ihr griff und schüttelte sich unwillkürlich. Doch sie haftete gemeinsam mit bösen Erinnerungen an ihr. Maggie lies ihren Blick nochmals über den

Schreibtisch schweifen. Die Ecke einer Fotografie lugte unter einem Stapel Zettel hervor. Maggie zog sie vorsichtig heraus und starrte auf das zerknitterte Foto.

Lynn!

Maggie wurde es schlagartig heiß. Auf dem Foto war Doktor Lynn Yazzie gemeinsam mit Doktor Rex Yazzie zu sehen, aufgenommen in der Wüste. Sie saßen auf Pferden und lachten in die Kamera. Ein alter Hogan stand unscheinbar im Hintergrund. Das Foto war abgegriffen, zerknüllt worden und wieder glatt gestrichen. Maggie war sofort aufgefallen, dass Yazzie auf diesem Foto keine Narbe hatte. Maggie drehte es um. Auf der Rückseite stand etwas. Datum und Ort der Aufnahme. So alt, wie diese aussah, war sie gar nicht, wunderte sich Maggie. Die Aufnahme war erst vier Wochen alt und in der Navajo Reservation entstanden. Interessant war der Schriftzug auf der Rückseite des Fotos: *Zur Erinnerung an unseren Ausritt - Jeffray*

Maggie sah auf den Zettel, den Fowler ihr hinterlassen hatte. Es war unverkennbar dieselbe Handschrift. Maggie wurde schwindlig. Was war daran verdächtig? Lynn und Rex Yazzie waren Kollegen und Fowler war Rex Yazzies Studienfreund... Unzählige neue Fragen kreisten durch Maggies Gedanken.

Sie zuckte zusammen, als sie plötzlich ein Räuspern hinter sich vernahm. Das Blut schoss ihr in den Kopf. Sie wandte sich um.

„Suchen Sie etwas Bestimmtes, Doktor Yellow Cloud?", fragte Rex Yazzie freundlich.

Maggie hielt das Foto und den Zettel noch in den Händen. Yazzie hatte sie auf frischer Tat ertappt! Vergeblich suchte sie nach Worten.

„Kann ich Ihnen vielleicht helfen?", fragte Yazzie weiter. Er schien nicht einmal wütend über Maggie zu sein. Vielleicht hatte er sogar damit gerechnet.

Während Maggie die Schamesröte in ihrem Gesicht spürte, klopfte der Puls hörbar durch ihre Halsschlagadern. Langsam steckte sie ihren Zettel weg. Sie hielt das Foto fest in der Hand, während es auf dem Computerbildschirm unzählige Sterne regnete. Maggie wurde schwindlig und übel. Alles um sie herum begann sich zu drehen. Sie fühlte sich zu Boden sinken. Yazzies Stimme war unver- ständlich und entfernte sich immer weiter von ihrem Bewusstsein. ...

ISBN-10: 3941485296,
ISBN-13: 9783941485297

Die Farben der Sonne
Die Geschichte der Steinpferde

Familien- und Pferdeabenteuer

Walter McKanzie schlägt sich nach dem Tod seiner Mutter allein durch die Straßen Chicagos, bis eines Tages sein Großvater, Wayton Stone Horse, auftaucht und ihn zu sich nehmen will. Vater Frank, der die Familie verlassen hatte, als sein Sohn fünf war, lässt den Jungen auf Anweisung des Jugendamtes von der Polizei einfangen und tritt das Sorgerecht an Stone Horse ab. Doch Walter hat ganz andere Lebensvorstellungen und ist auf Flucht programmiert.

5

...Die Absätze der jungen Dame, die einen engen Rock und eine weiße Bluse trug, knallten auf dem Laminatboden, als sie mit schnellen Schritten von ihrem Schreibtisch zur Zimmertür eilte. Ihre rotblonden Locken wippten im Takt dazu. Sie hielt ein Schreiben in der Hand und atmete tief durch, bevor sie an die Bürotür ihres Bosses, Frank McKanzie, klopfte.

„Was gibt es, Mrs Hanson", fragte der junge Mann im blau gestreiften Hemd und sah vom Computerbildschirm auf. Die Gläser seiner randlosen Brille funkelten. Er hatte sein Jackett über die Lehne des Bürostuhles gehangen und die Krawatte gelockert. McKanzies Anwaltskanzlei, in der Michigan Avenue in Dowtown, war groß und beherbergte unzählige Aktenordner, die wie Zinnsoldaten in Regalen standen, die vom Boden bis zur Zimmerdecke reichten. Eine Fensterfront, hinter dem Schreibtisch des Vierunddreißigjährigen, ließ Tageslicht herein. Den Lärm des Loops allerdings, dem Geschäftszentrum der Stadt, und das Rattern des alten El Train, wehrten die dicken, isolierten Glasscheiben ab. Zwei große Grünpflanzen, rechts und links dieser Glasfront, lockerten die triste Ausstattung etwas auf. Dank der Klimaanlage des Bürogebäudes war die Luft hier drin erträglich. Mrs Hanson schloss die Tür hinter sich und trat näher.

„Das Schreiben an Ihre Versicherung ist fertig. Sie müssen es nur noch unterschreiben und hier ist ein Schreiben vom Gericht angekommen,

Mr McKanzie. Ich denke, es ist sehr wichtig."

Sie legte beides auf seinen Schreibtisch ab. Ohne zu lesen unterschrieb der Anwalt das Versicherungsschreiben.

„Das Jugendamt hat seit gestern mehrmals versucht Sie zu erreichen. Was soll ich der Dame ausrichten? Sie möchte mit Ihnen persönlich sprechen."

McKanzie schielte über den Brillenrand, mit einem bittenden Blick, den Mrs Hanson schon zu genüge kannte.

„Das kann ich Ihnen leider nicht abnehmen und sie lässt sich nicht mehr vertrösten."

„Gut. Dann geben Sie ihr einen Termin... in sechs Monaten."

McKanzie grinste seine Sekretärin spitzbübisch an. Diese lächelte, als sie mitfühlend antwortete: „Sie sollten sich umgehend darum kümmern und die Sache schleunigst erledigen. Es ist besser so."

„Sie hören sich schon an wie meine Mutter. Ich bin Anwalt für Verkehrs- und Arbeitsrecht, nicht für Familienrecht. Was wollen die eigentlich von mir?"

„Tja ich denke es gibt,... also es hat sich so angehört, als ob man Sie dringend sucht. Sie möchten sich umgehend ihres Kindes annehmen."

McKanzie ließ den Kugelschreiber auf die Schreibtischplatte fallen und nahm seine Brille mit einer Hand ab.

„Ich soll was?", fuhr er im Stuhl auf.

Hanson wäre gern schnell aus der Schusslinie verschwunden, aber er gab ihr keine Chance.

„Es gibt da einen Sohn und Sie sind wohl der einzige Vater...ehm...Verwandte...oder so."

Sie verdrehte, hilfesuchend nach Worten, die Augen.

„Alimente", schnaufte McKanzie, während er die Brille mit Schwung wieder auf den Nasenrücken warf und zum Telefon griff. Er hielt inne und starrte seine Sekretärin an.

„Gibt es Beweise, dass ich wirklich der Vater bin?"

„Keine Ahnung. Sie sollten sich erst einmal mit der Dame vom Jugendamt in Verbindung setzen. Mrs Cooper wird Ihnen bestimmt alles erklären können."

McKanzie nahm den Hörer an sein Ohr. „Verflixt! Die Nummer."

„Moment. Ich kann Sie verbinden."

„Dann tun Sie das, bevor ich es mir anders überlege!"

„Ja, Sir."

Hanson verschwand im Vorzimmer. Hier glaubte sie sich momentan besser aufgehoben.

Kaum fünf Minuten später kam Frank McKanzie aus seinem Büro. Er redete fortwährend mit sich selbst, während die Tür hinter ihm in`s Schloss knallte. Mehrmals zählte er die Finger an seinen Händen zu zehn und zu zwei ab.

„Ich fahre dorthin. Bin in den nächsten zwölf Stunden nicht erreichbar. Quatsch! Zwei. Also: zwölf... vierunddreißig, vierundzwanzig, zweiundzwanzig. Oh, verflucht nochmal", murmelte er weiter.

Hanson schüttelte den Kopf und grinste. „So schlimm?"

„Schlimmer. Viel schlimmer!"

„Na dann viel Glück, Mr McKanzie."

„Danke", antwortete er abwesend.

Er schoss zur Tür hinaus, ging mit ausgreifenden Schritten zu einem der Aufzüge und verschwand wenig später in einem der Hochgeschwindigkeitsaufzüge. Wie ferngesteuert stieg er schließlich in sein Sportcabriolet. Im rasanten Tempo stürzte er sich in den Großstadtverkehr Chicagos.

Eine Stunde und dreizehn Minuten später rückte Frank McKanzie seine Krawatte zurecht, fuhr mit der Hand über seine Haarstoppeln und schob die Brille mit dem Zeigefinger den Nasenrücken hinauf. Er schwitzte nicht der Temperaturen wegen. Dann klopfte er an die Zimmertür, neben der ein Schild mit der Aufschrift *Sorgerechtswesen - Margret Cooper* hing. Frank wurde bereits erwartet.

„Guten Tag Mr McKanzie", grüßte die ältere Dame mit dem auffällig gefärbten Haar und mühte sich über den Brillenrand zu ihm auf zu sehen. „Setzen Sie sich doch."

„Guten Tag", erwiderte McKanzie einsilbig und ließ sich auf dem Stuhl, jenseits ihres Schreibtisches, gleiten. Er glaubte die Luft um ihn herum knistern zu hören, in Anbetracht der angespannten Situation, der er sich nun ausgeliefert fühlte.

„Also es handelt sich um Ihren zwölfjährigen Sohn, Walter McKanzie. Seine Mutter ist gestorben und seitdem streift er allein durch die Stadt. Er besucht keine Schule und ist schon mehrmals wegen Diebstahls geschnappt worden."

„Diebstahl?"

Die Frau auf der Seite ihm gegenüber holte tief Luft.

„Leider. Es ist einfach nicht in den Griff zu kriegen. Aber hier handelt es sich um Ihren Sohn!"

„Und deshalb kommen Sie ausgerechnet jetzt auf mich zu? Ist seine Mutter gestern erst gestorben?"

„Nein. Letztes Jahr. Sein Großvater hat sich an uns gewandt. Aber er hat kein Sorgerecht."

„Wo liegt das Problem?"

„Das Sorgerecht haben Sie. Sie sind der Vater."

Sie nickte bedächtig und schüttete ein paar Papiere aus einem großen Briefumschlag auf ihren Schreibtisch. Langsam griff Frank danach und las. Geburtsurkunde, Heiratsurkunde, Sterbeurkunde und ein paar Fotos.

„Er war fast noch ein Baby. Er kennt mich überhaupt nicht."

„Walter war fünf als Sie gingen und ihn mit seiner Mutter, Winona McKanzie, allein ließen. Sie haben weder Unterhalt für sie noch für Ihr Kind bezahlt. Finden Sie das nicht ein wenig verantwortungslos?"

„Was wissen Sie schon", murmelte Frank.

Mrs Cooper ging auf diese Äußerung nicht ein.

„Vielleicht können Sie ihm helfen. Vielleicht ist es noch nicht zu spät."

Frank legte die Fotos und die Papiere zurück, atmete hörbar tief durch und sagte schließlich: „Okay! Wo muss ich unterschreiben?"

„Was unterschreiben?"

„Die Abtretung des Sorgerechtes an seinen Großvater. Wenn der ihn haben will, dann soll er sich um ihn kümmern."

„Gut", sagte Mrs Cooper ein wenig fassungslos und bereitete das Schreiben vor.

„Hören Sie! Ich kann in meiner Position kein Kind gebrauchen. Ich habe gar keine Zeit für so was", versuchte Frank sich unnötig zu rechtfertigen.

„Sie brauchen sich vor mir nicht zu rechtfertigen. Vielleicht sollten Sie das eines Tages vor ihrem Sohn tun."

„Falls wir uns jemals begegnen", fügte Frank zerknirscht hinzu.

Mrs Cooper hob den Kopf und lächelte ihn süffisant an.

„Das lässt sich wohl kaum vermeiden, Mr McKanzie. Mit der Abtretung des Sorgerechtes verpflichten Sie sich gleichzeitig, Walter McKanzie zu seinem Großvater zu bringen und ihn dort persönlich und wohlbehalten abzuliefern."

„Sie sind verrückt!"

„Ich darf ja wohl bitten!"

„Entschuldigen Sie. Aber warum kann ihn der Großvater nicht einfach selber abholen? Er war doch hier, denke ich."

„Er ist ein Reservatsindianer."

„Und?"

„Er kann ihn nicht holen." Mrs Cooper schnappte nach Luft.

„Jetzt fragen Sie mich bloß nicht warum!", sprach sie mit einem harten Ton, dass selbst Frank McKanzie nicht wagte, zu widersprechen.

„Also gut. Wo finde ich Walter?"

Margret Cooper druckte das Schreiben aus und lächelte nun wieder, als sie antwortete: „In Chicago."

„Im Amazonas."

„Lassen Sie ihn sich bringen. Sie haben doch die nötigen Mittel dazu, McKanzie. Die Polizei hat ihn schon duzend male eingefangen, aber nie ist er auf einem Policedepartment angekommen. Er war so clever, ihnen immer wieder zu entwischen. Einige Polizisten hat er in die Finger gebissen, sodass sie ihn los ließen. Ein paar hat er getreten und, weiß Gott, er wusste genau wohin."

„Das sind ja tolle Aussichten." Frank schüttelte den Kopf. „Von mir hat er das nicht!"

„Wissen Sie, wie sie ihn nennen? Blue light shadow."

„Blaulichtschatten?" ...

6

…Seit genau zwei Stunden saß Walter McKanzie, den alle nur Blue nannten, im Policedepartmant im 23. District und wartete. Worauf? Man hatte ihn zur Sicherheit mit den Handschellen an einem der Heizungsrohre angelegt. Vergeblich hatte er versucht, seine Hand hindurch zu zwängen. Irgendwann hatte sich der Junge damit abgefunden. Das Handgelenk schmerzte. Seine Jeans war auf der Flucht an mehreren Stellen zerrissen. Sein Shirt stand vor Schmutz und Schweiß. Die nackten Füße steckten in scheinbar neuen Markenturnschuhen. Die Wut ließ seine schwarzen Augen funkeln und seine zusammengepressten Lippen hatten sich nach unten verzogen. Walter war wütend auf die Polizisten, die ihn aufgegriffen hatten und es gewagt hatten, ihm sein Messer wegzunehmen. Und er war wütend auf sich selbst, weil er es dieses Mal nicht geschafft hatte, ihnen zu entkommen. Sie sagten ihm nicht einmal warum. Die Turnschuhe hatte er schon vor vier Wochen gestohlen. Das konnte es also nun wirklich nicht sein. Walter streckte den Hals, um einen Blick nach draußen zu erhaschen. Der türkisfarbene Sonnenschutzsegel vor dem Fenster ließ nur einen Blick, an der Ampel vorbei, auf die Straßenkreuzung und die gegenüberliegende Shelltankstelle zu. Er beobachtete die vorbeifahrenden Autos eine Weile. Die Zeit schien endlos. Der quälende Durst ließ Walters Zunge schließlich am Gaumen kleben. Zweimal hatte er einen der Männer ansprechen wollen, aber sein Stolz ließ seine Zunge da, wo sie klebte.

Schließlich hockte er sich wieder neben die Heizung. Der Officer, der ihm gegenüber am Schreibtisch saß, sah ab und an zu ihm und nickte ihm lächelnd zu. Walter ignorierte das. Mit geneigtem Kopf beobachtete er allerdings alles und jeden aufmerksam durch die langen Strähnen seines zerzausten Haares vor seinen Augen.

Was habt ihr mit mir vor, verflucht, dachte er. *Ich habe nichts verbrochen!*

Irgendwann kam eine ältere Lady durch die Tür, gefolgt von einem jüngeren Mann im Anzug. Beide steuerten geradewegs auf den Jungendlichen zu. Walters ganze Aufmerksamkeit galt ihnen. Doch er bemühte sich um Gleichgültigkeit.

„Ist er das?", fragte der Mann.

Walter blickte dem Fremden auf die Schuhe. Es waren keine Turnschuhe. Er mochte weder den Tonfall, in dem der seine Frage gestellt hatte, noch seine schwarzen Slipper.

„Ja. Darf ich vorstellen: Das ist Walter McKanzie. Walter, das ist Frank McKanzie, dein Vater."

Walter zuckte innerlich zusammen. Als er aufspringen wollte, hinderte ihn die Heizung daran und das Handgelenk, um das er die Handschellen trug, schmerzte erneut unter dem Ruck, dass er hätte aufjaulen können. Aber er biss die Zähne hart aufeinander.

„Hi Walter", sagte Frank, nur um überhaupt etwas zu sagen.

Walter schwieg. Er sah ihn nicht einmal an.

„Ich bin Magret Cooper vom Jugendamt. Dein Großvater, Mr Stone Horse, hat sich an mich gewandt. Willst du deinem Vater nicht guten Tag sagen, Walter?", fragte die ältere Dame freundlich.

„Es gibt keinen Vater."

„Jeder Mensch hat einen Vater, Walter, und das hier ist deiner."

Walter begann den Kopf zu heben und blickte an dem fremden Mann herauf. Er musterte den Anzug, das weiße Hemd, sein skeptisches Gesicht, mit dem kaum sichtbaren Brillengestell. Die kurzen, dunklen Haare glichen einer Frisur aus einem Modemagazin und glänzten übertrieben. Dann spürte Walter plötzlich den scharfen Blick des Fremden unangenehm auf seiner Haut, in der er sich nun nicht mehr wohl fühlte.

„Und?", fragte er schließlich.

„Walter. Dein Vater und auch dein Großvater haben beschlossen, dass es besser für dich ist, wenn du zu Hause wohnen würdest, die Schule besuchen und ein geregeltes Leben führst."

„Mein Leben ist geregelt!"

„Das sehe ich", meinte Frank McKanzie. „Ich bringe dich nach Hause."

„Woher willst du wissen, wo mein zu Hause ist?", schnaufte Walter.

Die ältere Dame, die sich Cooper nannte, hatte die Hände ineinander gefaltet, atmete tief durch und hüllte sich in Schweigen.

„Hör zu, Walter. Dein Großvater will dir helfen. Er hat lange nach dir gesucht. Ich werde dich zu ihm bringen. Ich glaube, bei ihm bist du in den besten Händen."

Walter schluckte seine Wut schweigend hinunter. Bis gestern war sein Leben noch völlig in Ordnung und heute tauchten plötzlich, wie aus dem Nichts, ein Vater auf, der von einem Großvater faselte, den er nicht einmal kannte. Verflucht nochmal! Wer zum Teufel hatte ihn gefragt, ob er einen Großvater wollte, der es gut mit ihm meint und einen Vater, der sich nie um ihn gekümmert hatte.

„Komm Walter. Es ist besser so."

Und wahrscheinlich die einzige Möglichkeit hier raus zu kommen und diese verdammten Handschellen los zu werden, dachte Walter und stimmte zu.

„Okay. Gehen wir", sagte Frank.

Mrs Cooper schien ehrlich überrascht von Walters

rascher Vernunftsanwandlung und nickte. Der Officer, der die ganze Zeit über am Schreibtisch gesessen hatte, stand auf gab Walter McKanzie frei. „Passen sie gut auf ihren Sprössling auf!", mahnte er und grinste Frank McKanzie hintergründig an. ...

Walter McKenzies Leben wandelt sich jedoch, als ihn Frank bei seinen Großeltern in der Reservation abliefert. Großvater weckt die vergessene indianische Seite in ihm, während ein Vollblut Lakotajunge aus seiner Klasse ihn täglich schikaniert und verprügelt. Und schließlich ist da noch seine kleine Schwester Bonnie, die eine Lakota-Onaida ist.
Eines Nachts verschwinden plötzlich und auf rätselhafte Weise die Steinpferde, die Pferde- herde der Familie Stone Horse. Eine aben- teuerliche Suche beginnt und auch Walter, der sich selbst Blue nennt, muss sich beweisen.

ISBN-10: 3941485199
ISBN-13: 978-3941485198

Tote Killer küssen besser

Krimi/Thriller

Rita Hurtig, jung, ledig, Krankenschwester, passiert in ihrem Nachtdienst etwas Unglaubliches! Der fremde, junge Mann, der mit einer Schussverletzung bei ihr auf der Unfallstation landet, trägt eine Waffe bei sich und zwar eine Echte! Seine Augen wirken ehrlich, als er Rita eindringlich um Hilfe bittet. Am Morgen darauf flüchten die beiden aus der Klinik und verlassen die Stadt Erfurt in einem gestohlenem Auto. Doch dann erfährt Rita, dass der junge Mann, dem sie vertraute, bereits vor zwei Jahren tödlich verunglückte.

7

...Rita meldete sich, eine Etage höher, bei ihrem Kollegen im OP Bereich.

„Hi Klaus. Hast du angerufen?"

„Ja. Ich dachte Kathrin kommt."

„Enttäuscht?"

„Wie mans nimmt."

„Dann nimm es nicht so schwer. Ich habe Nachtdienst. Den Letzten!"

„Bist du dir sicher?" Klaus grinste.

„Ich hoffe es. Wo sind die Sachen?"

Klaus ging zum Schreibtisch und sagte ernst: „Schusswunde. Männlich, achtundzwanzig Jahre, deutscher. Hier. Seine Brieftasche."

Dann drückte Klaus Rita eine schwarze Weste in die

Hand.

„Soll das ein Witz sein?"

„Was? Wieso?"

„Hatte der Kerl nur das Ding an oder liegt er etwa in voller Montur auf dem OP Tisch?"

Klaus lachte.

„Die Hosen darfst du ihm nachher ausziehen, Rita, wenn Frau Doktor Achtzehn mit ihm fertig ist."

„Spinner!"

„Ich habs gehört!"

„Gut. Ich hätte es auch nochmal gesagt."

„Danke. Ich kenne viele charmante Menschen, aber du bist mit Abstand die Beste, Rita. Ich rufe dich an."

Rita nickte.

„Ich werde ran gehen."

Klaus grinste hintergründig.

Rita verdrehte die Augen. „Ans Telefon", fügte sie hinzu und verschwand durch die Tür.

Rita warf die Weste zunächst auf einen der Stühle im Dienstzimmer und die Brieftasche auf den Schreibtisch. Dann griff sie nach der Tasse mit dem lauwarmen Kaffee und setzte sich. Kathrin kam herein.

„Und? Brauchst du mich noch?"

„Nein. Halb so schlimm. Klaus ruft zurück. Es dauert wohl noch eine Weile."

„Okay. Dann viel Spaß heute Nacht."

Rita sah auf und grinste. „Den hab` ich doch immer."

Kathrin lachte und schnappte ihre Tasche.

„Tschüss."

„Tschüss Kati."

Kathrin schlenderte den Gang entlang zum Umkleideraum. Nicht, dass sie nicht schnell nach Hause wollte, aber nach fast neun Stunden Dienst brummten alle Knochen.

Rita machte sich an die Arbeit und untersuchte die Brieftasche. Die Schwesternschülerin kam herein und ließ sich auf den anderen Bürostuhl fallen.

„Hi, Boss", grüßte sie.

„Hallo! Na? Schon geschafft Anne?"

„Hmhm. Wenn das die ganze Nacht so weiter geht....prost Mahlzeit."

„Da kann ich dich aufmuntern. Es kommt gleich ein Zugang und Verstärkung. Ein Medizinstudent."

Anne seufzte.

„Schön. Ist noch etwas von der schwarzen Aufbaudroge da?"

„Ja, aber die scheint auch nichts mehr zu nützen", meinte Rita.

„Besser als gar nichts. Habe mir schon das Rauchen wieder abgewöhnt."

Rita lachte leise, während sie die Formulare ausfüllte.

Kaum zwei Minuten später piepte der Schwesternruf.

„Oh Mann!", schnaufte Anne und stand auf.

Bevor sie ging, trank sie schnell einen Schluck Kaffee. Rita sah in das Geldscheinfach der Brieftasche und pfiff leise durch die Zähne.

„Sie scheinen mir ja eine gute Partie zu sein, Herr Brenner."

Dann schnappte sie die schwarze Weste und ging hinaus. Schwer war sie.

Was schleppt der Kerl nur alles mit sich herum?,
dachte sie. Ein Stück den Gang entlang, klopfte sie
an die Tür eines Patientenzimmers. Niemand
antwortete. Sie trat ein. Herr Hauptmann saß in
seinem Bett am Fenster, die Kopfhörer auf den
Ohren und starrte in den Fernseher. Rita wusste,
dass der alte Mann schwerhörig war und trat in sein
Blickfeld. Die Musik hörte sie deutlich. Ein Lächeln
erschien auf seinem Gesicht.

„Alles okay, Schwesterchen!", schrie er sie an.

Rita lächelte zurück, wies auf die Weste und dann
zum Bett am Schrank. Herr Hauptmann schüttelte
den Kopf.

„Das gehört mir nicht!", rief er.

„Ich weiß."

Rita schlug die Bettdecke zurück und wies mit der
Weste, die sie fest umklammert hielt, in das leere
Bett. Herr Hauptmann grinste und winkte ab.

„Aloa he, aloa he", sang er laut.

Rita grinste. Ein anderes Bett war nicht mehr frei.
Rita holte einen Bügel aus dem Schrank und blies
die aufgestaute Luft aus den Wangen. Während sie
die Weste mit einer Hand auf den Bügel fummelte
fiel etwas schweres auf die Matratze. Eine
Hitzewelle schoss durch ihren Körper, als sie auf das
schwarze Ding starrte. Dann schlug sie geistes-
gegenwärtig die Decke über die Pistole und schickte
einen prüfenden Blick zu Herrn Hauptmann. Der
war zum Glück in seine Fernsehsendung vertieft.
Rita hängte die Weste in den Schrank, tastete sie ab
und griff zur Sicherheit in alle Taschen. Sie fand ein
Feuerzeug und einen Bleistift. Schnell schloss sie
den Schrank. Ihr Herz hämmerte in die Schläfen.

Ob die Waffe geladen ist? Vielleicht ist es ja nur eine Schreckschusspistole oder eine aus dem Spielzeuggeschäft - für seinen Sohn, dachte Rita. *Die sehen auch ziemlich echt aus.*

Rita öffnete die Tür und schob das Bett, kurzentschlossen, auf den Flur hinaus. Vor dem Verbandszimmer stoppte sie und zog sich in Windeseile ein paar Handschuhe über. *Nur nie so etwas mit bloßen Händen anfassen!,* dachte sie, *wegen der Fingerabdrücke. Vielleicht hatte der Kerl ja jemanden damit erschossen und...* Rita schnappte nach Luft und wischte sich mit dem Arm eine ihrer blonden Haarsträhnen aus dem Gesicht, die sich aus ihrem Zopf gelöst hatten. Sie schüttelte energisch den Kopf und riss sich aus ihren Gedanken.

„Kati hat Recht. Ich habe zu viele Krimis gelesen", sagte sie leise zu sich selbst.

Sie blickte um sich und zog die Pistole unter der Decke hervor. Rasch verschwand sie damit im Dienstzimmer und betrachtete das Ding genauer. Wieder wurde ihr heiß.

Wow! Eine echte Glock. Wahnsinn!

Das Magazin war darin und die Pistole war gesichert. Rita hörte eilige Schritte näher kommen und versteckte das gefährliche Ding hinter ihrem Rücken.

„Anne! Hast du mich erschreckt."

„Wieso?"

„Du kommst hier herein gestürmt..."

„Sorry, aber ich arbeite zufällig hier."

„Schon gut."

„Geht`s dir gut Boss? Du siehst so mitgenommen aus."

„Mir war auf einmal schlecht. Aber jetzt geht es wieder. Habe Wasser getrunken. Wahrscheinlich vertrage ich den giftigen Kaffee hier nicht mehr."

Rita zuckte mit den Schultern und lächelte verlegen.

Das Telefon klingelte.

„Gehst du mal ran, Anne?"

Anne wandte sich um und nahm ab.

Rita suchte nach einer Möglichkeit, die Waffe zu verstecken. Das Telefongespräch war viel zu kurz. Rita ließ die Pistole vorsichtig in die leere Blumenvase gleiten und zog rasch die Handschuhe von den Händen. Als Anne auflegte, hatte Rita die Hände in den Taschen vergraben.

„Oberpfleger Klaus am anderen Ende. Der Zugang ist fertig für den Umzug. Soll ich...„

„Nein", fiel ihr Rita ins Wort. „Ich gehe selbst."

Der Zeiger der Wanduhr rückte gerade auf viertel vor zehn.

„Frau Meyer bekommt noch ihre Nachtmedizin und Herr Kunz braucht einen frischen Eisbeutel."

„Ai ai, Käptain."

        Rita rollte das Bett zum Fahrstuhl. Eine Etage höher taxierte sie das allein schwer lenkbare Bett, den langen Gang entlang. Klaus lehnte bereits am Türrahmen und amüsierte sich, als Rita trotz aller Bemühungen aneckte.

„Das Taxi ist da", schnaufte sie.

„Das kostet dich `ne Runde", bemerkte Klaus trocken.

„Hättest ja mal zufassen können, Flegel!"

Rita parkte das Bett, vor einem der vielen Fenster, die wie Spiegel wirkten und tagsüber den Blick zum Nordpark zuließen.

„Das kostet dich ein Glas Rotwein", meinte Klaus unbeirrt.

„Mach dir eine Strichliste. Beim zehnten Glas gibt`s `ne Flasche."

Klaus lachte amüsiert und ging voran.

Der Patient lag auf der Transportliege. Klaus sprach den Mann an.

„Herr Brenner! Können Sie mich hören?"

Der Mann öffnete die Augen, sah ihn an und nickte.

„Ja", antwortete er leise. Dann schloss er die Augen wieder.

„Gut", meinte Klaus zufrieden.

„Frau Doktor hat ihm intravenös ein Antinarkotikum injiziert. Keine Komplikationen. In der Infusion ist Schmerzmittel. Er soll Fraxi bekommen und in den nächsten sieben Tagen ein Antibiotikum. Steht alles auf dem Verordnungsbogen."

„Okay. Danke. Rückt die Polizei etwa auch noch an?", fragte Rita und seufzte.

„Ist gerade eben gemeldet. Also wenn du Hilfe brauchst, Rita, ruf mich an."

Rita antwortete mit einem Blick ohne Worte. Klaus kannte diesen Ausdruck.

„Hey. Ich meine es ernst. Du bist allein da unten, mit einem Lehrling und einem `ich weiß nicht, was ich machen soll` Doc."

Rita nickte. „Ja gut. Danke."

Vorsichtig hoben sie den willenlosen Körper des jungen Mannes in das Bett. Er hatte die Augen geschlossen und atmete ruhig. Der festsitzende Verband reichte vom linken Ellenbogen bis zur Schulter hinauf. Klaus steckte das blutige Hemd in einen kleinen Müllbeutel.

„Noch nicht wegwerfen!"

Dann warf er es, zusammen mit dem Verordnungs-bogen, auf die Bettdecke und schob den Patienten, gemeinsam mit Rita, bis zum Aufzug.

„Danke. Ruhigen Dienst", sagte sie, bevor sich die Tür schloss.

„Gleichfalls." Klaus hob die Hand zum Gruß und wandte sich um.

Rita überlegte nicht lange und schob das Bett kurzerhand in das Verbandszimmer, direkt neben dem Dienstzimmer. Es war eng, aber es ging. Sie kontrollierte die Infusion und warf einen Blick auf den Verordnungsbogen. Die Blutdruckkontrolle stand an und Rita holte das Gerät.

„Herr Brenner?", sprach sie ihn schließlich an.

Der blinzelte.

„Ich werde jetzt Ihren Blutdruck messen. In Ordnung?"

Der Mann nickte schwach.

Als Rita die Manschette wieder entfernte, sagte sie: „Alles im grünen Bereich. Geht es Ihnen gut?"

Der Angesprochene öffnete die Augen und lächelte.

„Bin ich tot?", fragte er kaum verständlich.

Rita lächelte zurück und schüttelte den Kopf.

„Nein. Wie kommen Sie denn darauf?"

„Sie haben mich in einen Abstellraum geschoben und Sie sehen aus wie ein Engel."

Rita kicherte.

Der Mann schloss die Augen wieder. Er trug ein schwarzes Unterhemd. Rita blieb stehen und betrachtete die schwarzen Haarstoppeln, die Augen mit den geschwungenen Wimpern, die leicht gebogene Nase und die schmalen Lippen. Die

Spuren zweier kleiner Grübchen zeichneten sich an den Mundwinkeln ab. *Vielleicht ist er ein fröhlicher Mensch, der gern lacht*, sinnierte Rita. *Wer hat ihm das nur angetan?*

„Kann ich noch irgend etwas für Sie tun, bevor ich gehe?", fragte sie.

Der Mann öffnete noch einmal seine Augen.

„Wo bin ich hier?"

„Unfallchirurgie. Klinikum Erfurt."

„Wie spät?"

Rita sah auf die Uhr. „Viertel nach zehn."

„Morgens oder abends?"

„Abends."

„Wissen Sie, wo meine Weste geblieben ist?"

„Ja", krächzte Rita.

Sein Blick war eine einzige Frage.

„Ich hole sie Ihnen." Mit diesen Worten verschwand Rita.

Rita bemerkte Brenners Schreck, als sie wenig später zurück kam. Er wirkte unruhig. Als er sie erkannte, schien er sich sofort zu beruhigen. Rita legte ihm das Gewünschte auf die Decke.

„Danke", sagte er leise, legte seine Hand darauf und fragte: „Wie heißen Sie?"

„Ich bin Schwester Rita. Ich lasse Sie jetzt allein. In etwa zehn Minuten sehe ich wieder nach Ihnen. In Ordnung?"

„Ja", nickte Brenner.

Er wird sie suchen und er wird mich fragen, wo die Pistole ist, dachte Rita und wich seinem Blick aus. Schnell schloss sie die Tür hinter sich. ...

8

…Leise öffnete Rita die Tür zur Personaltoilette. Es

war höchste Zeit. In ihrer Eile stolperte sie über etwas und schrie erschrocken auf. Patient Brenner lag reglos, zwischen dem WC und der Tür, auf dem Boden. Er schien bewusstlos zu sein. Die Infusion hatte er sich offensichtlich selbst entfernt, die Kanüle einfach herausgezogen. Das Blut war über den Arm gelaufen, auf den Boden getropft und bereits angetrocknet.

„Mein Gott! Was machen Sie für Sachen!", fauchte Rita, während sie sich zu ihm kniete.

Anne erschien in der Tür.

„Was ist passiert?"

„Sieht aus wie ein Kreislaufkollaps. Hilf mir!"

„Wie kommt der denn hier rein?", wunderte sich Anne.

„Sieht tatsächlich nach Flucht aus", flüsterte Rita.

Was immer sich der Mann dabei gedacht hatte, geistig verwirrt war er Rita vorhin eigentlich nicht erschienen. Doch manchmal hatten Narkose-mittel seltsame Nachwirkungen. Rita gab Anne kurz Anweisung und rettete sich zunächst auf eine andere Toilette. Wenige Sekunden danach blinzelte der junge Mann um sich.

„Kein Wunder. Der Blutdruck ist am Boden. Zu viel Blut verloren und die Flüssigkeitszufuhr gekappt. Das war keine gute Idee, Herr Brenner", sagte Anne.

„Haben Sie Schmerzen?", fagte Rita.

Brenner stöhnte leise.

Rita säuberte den Arm. Er blutete nicht mehr.

„Das wird mit Sicherheit schön blau."

Brenner bewegte die Lippen.

„Scheiße", fluchte er kaum verständlich. „Sie sind hier. Sie suchen mich."

Rita blickte Brenner fragend an. „Zwei Polizisten, ja. Jemand hat auf Sie geschossen! Das muss aufgeklärt werden. Und Sie müssen dringend zurück in Ihr Bett. Ich muss den Arzt rufen, damit er eine neue Infusion legt, wenn sie überleben möchten", lächelte Rita.

Brenner schüttelte entschieden den Kopf.

„Ich muss weg hier, wenn ich überleben will. Helfen Sie mir auf."

Rita und Anne taten ihr Bestes. Brenner entwickelte erstaunliche Kräfte. Erschöpft saß er auf dem Toilettendeckel und lehnte mit dem Rücken an der Wand.

„So, wie es im Augenblick aussieht, kommen Sie allein nirgendwo hin."

Anne wurde von der Klingel zu einem anderen Patienten gerufen.

„Wo haben Sie sie hin getan?"

„Wen?"

„Meine Pistole", sagte er leise und das Lächeln schwand aus seinem Gesicht.

„Ach du meine Güte! Die hab` ich ja ganz vergessen."

Rita schlug sich mit der flachen Hand gegen die Stirn. Brenner zog die Schwester, mit einem unerwartet kräftigen Ruck, zu sich heran.

„Wo ist sie?", zischte Brenner, während er Rita eindringlich ansah.

„In der Blumenvase."

Brenner zog fragend die Augenbrauen zusammen.

„Mit so was scherzt man nicht. Geben Sie sie mir!"

„Ich bin mir nicht ganz sicher, ob das eine gute Idee ist, wenn Sie..." Rita vollendete den Satz nicht.

„Aber ich bin mir sicher", zischte Brenner. „Bitte!"

„Wer sind Sie? Woher will ich wissen, dass Sie kein Dieb, Verbrecher oder Mörder sind? Vielleicht erschießen Sie mich am Ende noch mit dem Ding?", zweifelte Rita.

Brenner verzog die Mundwinkel. „Sie haben wohl zu viele Krimis gesehen?"

„Wer sind Sie?", fragte Rita ernst.

„Martin Brenner, achtundzwanzig und ich stehe im Dienst der Polizei."

Rita stellte sich aufrecht und entzog sich seinem Griff.

„Sie haben keinen Dienstausweis bei sich."

„Der liegt zu Hause."

Wieder wollte Rita gehen. Wieder griff Brenner nach ihrem Handgelenk.

„Sie unterstehen doch der Schweigepflicht?", fragte er.

Rita sah ihn verwundert an. Er wirkte bleich und rang nach Luft. Vergebens wartete er auf eine Antwort.

„Sie sind die Einzige, Rita, die mir helfen kann. Sie haben ja selbst gesehen, dass ich allein nicht weit komme. Ich werde alles, nur nicht schlafen diese Nacht."

„Was wollen Sie von mir?", fragte Rita leise.

„Bringen Sie mich raus hier!"

„Das geht nicht so einfach, wie Sie sich das denken, Herr Brenner. Ich habe hier die Verantwortung. Das kostet mich meinen Job."

„Und mich mein Leben."

Rita musterte Brenner erstaunt, als sie fragte: „Lesen Sie etwa auch Krimis?"

49

„Nein."

Dieses *Nein* jagte Rita einen frostigen Schauer über den Rücken. Der Mann flunkerte nicht! Rita atmete tief durch und sah in seine Augen. Eine Mischung aus Angst und Hoffnung lag in seinem Blick. Nein. Keine Lüge. Dann wich Rita seinem Blick aus. Ihre Gedanken arbeiteten.

Er wartete.

Rita räusperte sich. ...

Rita glaubt Brenner und hilft dem Fremden. Er nimmt sie mit zu seinem Bruder, auf einen Bauernhof in ein kleines, verträumtes Thüringer Dorf. Doch nichts ist, wie es scheint. Hals über Kopf flieht Rita in panischer Angst und findet sich im Handumdrehen in ihrem ganz eigenen Krimi wieder, ohne zu ahnen wie dieser Alptraum je enden soll.

ISBN-10: 384591355X

ISBN-13: 978-3845913551

Indian Cowboy

Band 1 – Die Nacht der Wölfe

Abenteuer Pentalogie nach dem Vorbild Liselotte Welskopf Henrichs „Das Blut des Adlers" / moderner Western

Er fährt illegale Autorennen, trinkt Brandy und raucht Gras. Ryan Black Hawk ist der King, mit allen Wassern gewaschen und die jungen Frauen liegen ihm zu Füßen. Doch als eines Nachts zwei seiner Freunde tödlich verunglücken, wendet sich das Blatt. Die Liebe Samantha Crying Crows gibt ihm die Kraft, für seine Ranch und die Pferde zu kämpfen. Der neue Weg des Indian Cowboy ist hart, steinig und weit.

9

Kurze Zeit später saß Ryan in einer Transportmaschine der US Air Force und blickte zum Fenster hinaus. Wenn die Maschine aus den Wolken trat, tauchten unter ihr unberührte, endlose Wälder, weiße Berge und spiegelklare Seen auf. Dann verschwanden die Bilder wieder im Wolkenschleier. Gegen ein Uhr nachmittags wurde es dämmrig. Als die Maschine dreißig Minuten später auf einem Militärstützpunkt in Alaska landete, war es finster. Der Schnee ringsum leuchtete regelrecht im schwachen Schein der Beleuchtung.

    Ein Mann, der einen weißen Overall trug, empfing die ankommenden Männer. Eine Kapuze schützte den Kopf und einen Teil seines Gesichtes vor der Kälte. Er und Fox schienen sich zu kennen. Sie begrüßten sich vertraulich und gingen voran. Ryan folgte ohne Aufforderung. Es war still auf diesem vergleichsweise kleinen Stützpunkt. Es gab nur eine Landebahn. Ansonsten beherbergte die Air Force Base in der Nähe von Anchorage eine Hubschrauberstaffel. Zwei lange Gebäude mit gewölbten Dächern standen nebeneinander. Sie wirkten wie überdimensionale Schneehaufen. Rings um den Stützpunkt war dichter Wald.

Weder während des Fluges hatte Fox mit Ryan gesprochen, noch jetzt, als er den Männern zu einem der Gebäude folgte, das mit Antennen und einer haushohen Satellitenanlage ausgerüstet war. Ryan hochte auf, als er das Heulen von Wölfen vernahm. Unwillkürlich kroch ein eisiger Schauer über seinen Rücken. Dann schloss sich die Tür hinter ihm.

Der Raum den er betrat schien eine Kantine zu sein. Es war angenehm warm und roch nach Kaffee. Das gelbe Licht der Lampen verbreitete Wärme und Gemütlichkeit, sodass man Schnee, Kälte und Finsternis schnell vergessen konnte. Ryan folgte Fox quer durch den Raum. Der fremde Mann, der Fox voranging, hatte die Kapuze abgestreift und öffnete eine Tür am Ende der Kantine. Man beobachtete die Angekommenen stillschweigend. Ryan schloss die Tür hinter sich. Die drei Männer gingen einen schwach beleuchteten Gang entlang.

„Willkommen in meinem bescheidenen Reich, Slim. Warst lange nicht hier", sprach der Fremde Fox an.

„Stimmt. Habe auch nur meine Befehle."

Der Fremde wandte sich zu Fox um und grinste.

„Außerdem friert man sich bei euch hier oben die Eier ab", brummte Fox.

Durch die nächste Tür betraten die drei Männer einen Raum der einer Mischung aus Büro, technischer Einsatzzentrale und Lager, entsprach. Der fremde Mann zog schließlich den Overall aus, während er Fox Platz anbot.

Ryan blieb stehen.

„Sprich! Wo steht die Farmingdale im Augenblick?"

„Genau zwölf Meilen nordöstlich von hier in Richtung Tower Rock."

„Und deswegen fordert ihr uns an? Wegen lumpigen zwölf Meilen Straße?"

„Haben sie dich nicht informiert, Slim? Ich dachte, du weißt über alles genauestens Bescheid?"

„Weiß ich auch. Aber ich finde es übertrieben. Man muss nur richtig mit ihnen reden", meinte Slim und grinste überlegen. Der Fremde schickte einen ersten Blick zu Ryan und musterte ihn geringschätzig von oben nach unten und zurück. Die anderen zwei Männer, die in diesem Raum waren, gingen ihrer Arbeit nach, ohne auch nur die geringste Notiz davon zu nehmen. Sie schienen wie Roboter zu funktionieren.

„Ach deshalb hast du einen Indianer mitgebracht, Slim Fox, du Fuchs."

„Das ist Chief Master Sergeant Hawk, Fahrer der Rapid City Air Force Base in South Dakota und zur Zeit meinem Befehl unterstellt", sagte Fox darauf und drehte sich langsam um.

Ryan grüßte den Fremden, dessen Rang er noch immer nicht ausmachen konnte. Der starrte ihn an, pfiff leise durch die Zähne und erwiderte den Gruß knapp.

„Lieutenant Forner", stellte er sich selbst vor.

„Hast du einsatzbereite Fahrzeuge für uns?"

Forner nickte.

„Snowmobiles. Anders kommst du hier nicht durch die Wildnis, jedenfalls nicht solange die Straße nicht fertig ist. Oder willst du lieber einen Helikopter?"

„Nein. Ist mir im Augenblick zu viel Wirbel. Wir versuchen es zunächst auf die sanfte Tour. Ich will doch meine Freunde nicht gleich erschrecken. Wir nehmen zwei Snowmobiles. Hawk? Kennen Sie sich mit so was aus?"

„Nein Sir."

Forner holte tief Luft.

„Das ist wie ein Quad. Es hat nur Kufen drunter, damit es nicht im tiefen Schnee versinkt", erklärte er.

„Sir. Ich weiß was ein Snowmobile ist. Ich hatte nur bisher keine Gelegenheit eins zu fahren. Ich werde es fahren, sobald mich jemand eingewiesen hat, Sir."

Forner beauftragte einen der Männer im Raum, Hawk sofort zu einem gewissen Lone Wolf zu bringen, der ihn umgehend mit dem Fahrzeug vertraut machen sollte. Ryan folgte dem Mann.

„Ziemlich hochnäsig, der Indsman", bemerkte Forner. „Ich traue ihm nicht."

„Er wurde mir von Taylor persönlich empfohlen und das, was ich über ihn in Erfahrung gebracht habe, spricht für ihn. Er gilt als verdammt zäh, clever und verrückt. Und wer, wenn nicht ein Indsman, sollte für den Auftrag besser geeignet sein", grinste Fox süffisant.

„Und wenn er umkippt?", zweifelte Forner.

Fox verzog das Gesicht und schüttelte den Kopf.

„Das wird er nicht wagen. Er hat eine Familie zu versorgen."

Der von Forner beauftragte Mann brachte Ryan nach unten und stellte ihm dem Techniker vor. Ryan blieb mit dem Mann namens Lone Wolf allein in einer unterirdischen Fahrzeughalle. Diese erinnerte Ryan an eine Tiefgarage mit Belüftungsschächten. Er staunte was hier, tief unter der Erde, Platz fand. Neben den Snowmobiles gab es Kettenfahrzeuge, Schneeräumgeräte, Radlader, Trucks und zwei Hummer mit monumentalen Reifenprofilen. Lone Wolfs schwarze Augen blinzelten Ryan belustigt an. Das gefurchte Gesicht des alten Mannes schien aus braunem Leder zu bestehen. Der Indianer trug sein weißgraues Haar kurz. Ohne Umschweife begann er Ryan alles zu erklären.

„Das ist wie beim Reiten. Wenn du das Gespür dafür hast, wirst du keine Probleme damit haben. Melde dich in der Ausstattungskammer und lass dich einkleiden. Mit deinem wattierten Air Force Blouson kommst du hier nicht weit. Du wirst erfrieren. Fox und Forner ist es egal wie du da draußen herumfährst. Sie würden dich selbst nackt zum Tower Rock schicken. Sie sind der Meinung, wir sind zäh."

Dabei sah er Ryan eindringlich an. Ihre Blicke trafen sich. Ryan nickte. Er hatte verstanden.

„Du kommst aus Süddakota. Bist du Dakota?"

Ryan nickte.

„Ja. Lakota. Und du Inuit?"

„So ist es, mein Freund."

Ryan folgte dem Rat des alten, einsamen Wolfes und

nahm die komplette Ausrüstung mit auf sein Quartier.

Fox befahl, dass beide am darauffolgenden Morgen zum Tower Rock aufbrechen. Er wollte mit den Leuten reden. Ryan verbrachte die Zeit in der er auf den Schlaf wartete, mit dem Gedanken, weshalb er Fox zu diesen Leuten begleiten sollte. Fox konnte und wollte selbst mit einem Snowmobile fahren, also brauchte er keinen Fahrer. Er schien auch kein ängstlicher Mensch zu sein, der sich nicht zutraute, eine solche Strecke allein zurück zu legen. Erwartete Fox vielleicht von ihm, dass er ihm Rückendeckung im Gespräch mit diesen Leuten geben würde. Ryan wusste nicht, wer diese Leute waren. Aber sein Instinkt sagte ihm, dass es sich um Inuit, Uramerikaner also, handeln musste. Es gab zu viele Ungereimtheiten und Fox hatte es nicht für nötig gehalten, Ryan über die Lage zu unterrichten. Der Job, oder was immer auf ihn zu kam, würde Schwierigkeiten bringen und Ryan hatte kein gutes Gefühl dabei. Aus Trotz allein fragte er Fox auch nicht, was das zu bedeuten hatte.

Der Tag im hohen Norden brach an und schickte ein gleißendes Dämmerlicht auf die schneebedeckte Erde. Diese Morgendämmerung wich nur um die Mittagszeit einem schwachen Tageslicht. Die zwei Snowmobile verursachten den einzigen Lärm in der Stille. Fox fuhr voran. Er kannte sich hier aus. Ryan folgte ihm. Fox schien ihn herausfordern zu wollen. Er raste wie ein Irrer durch den Wald, im Slalom um die Bäume und sprang über die Unebenheiten. Ryan hielt mit und blieb in kurzer Entfernung hinter ihm. Es machte ihm sogar Spaß mit dem Snowmobile zu fahren.

Von einer Hochebene führte die unwegsame Strecke steil bergab. Fox bremste nicht. Ryan machte sich Gedanken darüber, ob Fox wirklich nur den Helden spielen wollte, um zu beweisen, wozu er fähig war, oder etwas anderes dahinter steckte.

Plötzlich vernahm Ryan ein Surren in der Luft und sah nach oben. Genau in diesem Augenblick riss ihn etwas mit einem äußerst unsanften Ruck von seinem Gefährt. Ryan landete im Schnee. Als er auf die Füße sprang, um sich aus der Schlinge zu befreien, riss ihn ein weißer Schatten wieder um. Ryan wehrte sich. Wie zwei aneinander geratene Pumas wälzten sich zwei Männer im Kampf. Um die Kämpfenden herum bauten sich fünf weitere weiße Gestalten auf.

Sechs Wölfe im Schnee!

Dann spürte Ryan einen harten, schmerzhaften Faustschlag gegen seinen Unterkiefer. Mit einem leisen Stöhnen gab er seinen Widerstand auf. Der Mann, der auf ihm kniete, hob sein Messer.

„Du Verräter!", zischte der ihn wütend an.

Als er zustoßen wollte, begann der Kampf von neuem. Die Schlinge um Ryans Oberkörper hatte sich gelockert. Er want seinem Gegner das Messer aus der Hand, sprang auf und zog die Schlinge ganz weg. Die Männer ringsum rührten sich nicht von der Stelle. Ryan blieb mit dem Messer in der Hand stehen und betrachtete seinen Gegner, der ihm gegenüber stand.

„Wenn du das nächste Mal einen Lakota fangen willst, dann musst du schneller sein."

„Das nächste Mal hätte ich dich gleich getötet!"

Der Mann im Schneeanzug musste ein Inuit sein,

genau wie die fünf anderen, und war vielleicht genauso alt wie Ryan selbst.

„Und worauf hast du dieses Mal gewartet?"

Der Inuit verzog geringschätzig das Gesicht und spuckte vor Ryan aus.

„Sage mir, womit ich deinen Hass verdient habe."

„Weil du auf der falschen Seite stehst, Verräter."

Dann gab er seinen Männern ein Zeichen, worauf diese Ryan packten und die Hände auf den Rücken banden. Ryan ließ es geschehen.

„Du kommst mit uns!"

Einer brachte das Snowmobile der Air Force. Ryan musste hinten aufsitzen. Der, der mit Ryan gekämpft hatte, musste der Anführer der Gang sein. Er übernahm das Snowmobile. Die anderen Männer folgten mit ihren Mobilen. Der Weg führte weiter in Richtung Tower Rock, in die Ryan ohnehin wollte. Slim Fox war gänzlich verschwunden. Seine deutlich hinterlassenen Spuren konnte jeder sehen. Als sie wenig später an einer verwaisten Straßenbaustelle vorbeifuhren, reimte sich Ryan einiges zusammen. Diese Menschen, die zu seinem Volk gehörten, den Uramerikanern, waren nicht mit dieser Straße einverstanden. Soviel stand fest. Ryan konnte sich auch in etwa denken, warum. Aber war das der alleinige Grund? Die Inuit benutzten mit den Snowmobiles den festen Randstreifen, der meilenweit geradeaus führenden Straße, die direkt zum Tower Rock führte.

Am Fuße des Felsenberges, der sich senkrecht in die Höhe streckte, zeigte sich ein Dorf aus mehreren Hütten und einem großen Langhaus. Vor diesem stoppten die Männer die Snowmobiles. Bevor Ryan jemand anfassen konnte, stieg er ab. Er war wütend auf sich selbst. Fox war verschwunden und Ryan wusste nicht wohin und er hatte am ersten Tag versagt.

Der junge Inuit deutete ihm vorwärts zu gehen, hinein in das große Holzhaus. Dicht gedrängt standen die Menschen und redeten leise miteinander. Der Inuit drängte sich hindurch und zog Ryan hinter sich her, bis zur gegenüberliegenden Seite. Zwei Männer saßen dort nebeneinander. Ein alter Mann mit weißem, schulterlangem Haar und ein Major General der US Army.

Slim Fox.

Vor dem Alten blieb der Inuit stehen.

„Du wolltest mit einem von ihnen reden, Weißer Bär. Der hier ist einer von ihnen. Kein Weißer. Nur ein Verräter", sagte der junge Inuit voller Verachtung. „Aber wie ich sehe, hast du dir schon selbst einen geholt."

Die Männer ringsum lachten.

Slim Fox ebenfalls. Er sah seinen gefangenen und gefesselten Sergeant dabei an. Ryan biss die Zähne hart aufeinander und versuchte seine Wut zu zügeln. Sein Atem ging flach und schnell. Das zweite Mal in seinem Leben hatte er nun sein Gesicht vor sich selbst verloren. Er hatte versagt. Nicht nur Fox weidete sich an seiner Niederlage. Die Inuit verspotteten ihn. Ryan streckte seinen Körper, spannte alle Muskeln und bewahrte erhobenen Hauptes Haltung. In diesem Augenblick fühlte er sich so, wie Fox analysiert hatte, als Krieger. Black Hawk hatte gelernt, Niederlagen zu ertragen.

„Wo waren Sie denn, Sergeant Hawk? Ich

habe mir schon ernsthaft Sorgen gemacht",sagte Fox schließlich. „Mir scheint, da war wohl tatsächlich einer schneller als Sie?"

Ryan bemerkte den Hohn dieser Worte und vermied es, jemanden anzusehen. Er antwortete nicht.

Der Alte mit den weißen Haaren hatte seinen Blick auf Ryan gerichtet. Er schien zu überlegen.

„Mein Enkelsohn, Wolfschild, soll unserem Verwandten die Fesseln abnehmen. Wir wollen miteinander reden und unsere Entscheidungen als freie Männer fällen", sagte er.

Der junge Inuit gehorchte.

„Wer bist du?", fragte der Alte.

„Ich bin Chief Master Sergeant der US Air Force und Ryan Black Hawk, Lakota."

Weißer Bär nickte und wies auf zwei freie Stühle.

„Setzt euch!", befahl er.

Ryan saß also neben Wolfschild. Er vermied es, ihn auch nur eines Blickes zu würdigen. Auch Wolfschild richtete seinen Blick ausschließlich zu dem alten Mann, der sein Großvater war. Weißer Bär begann zu reden.

„Wir haben dem Bau dieser Straße zugestimmt, aber unter anderen Bedingungen und Auflagen. Die Farmingdale Road Company hält sich nicht an die vorgegebenen Baupläne. Unsere Proteste weisen sie zurück. Weshalb, General Fox?"

„Der derzeitige Streckenverlauf von Tower Rock zu unserem Stützpunkt ist der kürzeste, der kostengünstigste und damit auch der umweltschonenste Weg", erklärte Fox.

„Aber diese Entscheidung liegt bei uns!", entgegnete Weißer Bär.

„Nein. Beim Auftraggeber", widersprach Fox.
„Der Streckenverlauf wurde mit der US Air Force, Ihrem Militärstützpunkt, in einem Vertrag schriftlich festgelegt und im gegenseitigen Einvernehmen besiegelt. Man hat uns sogar eine Entschädigung zugesagt. Eine nachträgliche Änderung ohne unseres Wissens und ohne unsere Zustimmung ist nicht zulässig. Dieses Land ist unser Land!"
„Wir befinden uns hier auf dem Boden der USA. Alaska ist amerikanisches Hoheitsgebiet. Es gehört uns",erwiderte Fox milde lächelnd.
„Die Regierung hat uns dieses Stück Land am Tower Rock gelassen, das uns seit Urzeiten gehört. Obendrein ist es als Naturschutzgebiet ausgewiesen und wir haben die alleinigen Fischfangrechte."
„Dann klärt das mit dem, der den Vertrag unterschrieben hat. Darauf hat die US Army keinen Einfluss und der kleine Air Force Stützpunkt hier am Arsch der Welt schon gar nicht. Ich will dir nur sagen, Weißer Bär, dass es klüger wäre, die Arbeiten der Farmingdale Road Company nicht weiter zu blockieren. Es sind nur noch lumpige zwölf Meilen! Also machen wir uns nicht gegenseitig das Leben schwer. Wenn die ihre Arbeit beendet haben, verschwinden sie auf nimmer Wiedersehen. Die Straße bringt schließlich auch für euch und eure Infrastruktur Vorteile. Ihr steht euch ja jetzt schon nicht schlecht mit dem Handelsabkommen unseres Stützpunktes. Also halte deine Leute im Zaum. Du bist ein weiser und einflussreicher Mann, Weißer Bär."
Weißer Bär nickte.
„Wir werden mit dem Chief der Company

reden. Er muss kommen und erklären, warum er sich nicht an die Baupläne hält. Vielleicht gibt es einen sehr wichtigen Grund. Dann müssen wir eine Lösung finden und den Schaden so gering wie nur möglich halten. Bis zu diesem Tag wird die Arbeit der Farmingdale Road Company ruhen."

„Das bedeutet weitere Blockaden, Bedrohung durch deine Männer und Angriffe?"

Weißer Bär schwieg.

Ryan hörte Wolfschild neben sich wütend schnaufen.

Fox fuhr fort: „Die Männer der Company kennen den Vertrag und sie haben verdammten

Termindruck. Wenn die Straße nicht bis zum vereinbarten Termin übergeben wird, kostet jeder zusätzliche Tag tausende von Dollars.

Die Farmingdale hat militärischen Schutz für den Straßenbau angefordert. Ihre Arbeiter haben Angst vor weiteren Überfällen. Es gab bereits Verletzte. Und ich werde verdammt nochmal dafür sorgen, dass die Sache nicht eskaliert. Und ich habe jede Befugnis."

„Diese Straße darf nicht die Straße des Bären kreuzen und ihm den Weg abschneiden. Wenn Nanuk den Weg in sein heiliges Land nicht mehr findet, stirbt er", sprach der Alte langsam und jedes Wort betonend. „Du, Lakota, verstehst das. Kannst du es diesem Mann verständlich machen?"

„Ich verstehe", antwortete Ryan.

Dann blickte er Weißer Bär direkt an.

„Es gibt Menschen, die das nicht verstehen wollen und die keinen Respekt vor Nanuk haben. Sie werden die Gewehre auf ihn richten, wenn er ihre

Straße kreuzt und keine Angst vor ihm haben."

„Hm!", machte Wolfschild. „Du willst es nicht einmal versuchen!"

„Ich bin nur Sergeant der US Air Force und unterstehe deren Befehl."

Fox grinste hintergründig.

Wolfschild sprang auf.

„Ich hätte es wissen müssen, Verräter!", fauchte er bitter und verließ den Raum.

„Ein fataler Fehler", bemerkte Fox.

„Ihr könnt euch von mir aus gegenseitig an die Kehlen gehen, um euer Ehrgefühl wieder gerade zu rücken. Aber solange der Lakota Angehöriger der Air Force ist, werde ich das nicht zulassen."

Ryan starrte zu seinen Füßen. Er konnte den enttäuschten Blick des Weißen Bären nicht mehr ertragen.

Selbst am Abend, als er allein in seinem Quartier war, ging der ihm nicht mehr aus dem Kopf. Ryan versuchte in Gedanken zu erklären, dass er den Befehl nicht verweigern durfte. Weißer Bär würde das ebenso wenig verstehen, wie Slim Fox die Spirit des Nanuk.

Noch bevor der neue Morgen sein gleißendes Licht in den Tag schickte, rückte der erste Einsatztrupp unter Führung des jungen Sergeant aus. Der Helikopter streifte beinahe die Baumwipfel, setzte die Mannschaft auf der Baustelle ab und verschwand sofort wieder. Ryan und die sieben Männer, die ihm unterstellt waren, besichtigten zunächst die Baustelle, um sich über den Stand der Dinge zu informieren.

Wenig später rückten die Männer der Farmingdale

Road Company an und nahmen ihre Arbeit auf. Der Einsatz von Scheinwerfern auf der Baustelle war unumgänglich und Stromaggregate brummten. Die Männer arbeiteten somit im Rampenlicht und weithin sichtbar, während sie selbst nicht sehen konnten, was sich um die Baustelle herum abspielte. Kaum merklich schüttelte Ryan den Kopf.

Trotz der Besonderheiten gingen die Arbeiten zügig voran. Der Termindruck machte sich bemerkbar und die Arbeiter fühlten sich nun sicher vor den Überfällen. Acht Einsatzkräfte der US Army hatten zwölf Bauarbeiter zu beschützen oder auch nur eine handvoll Aufrührer von ihnen fern zu halten.

Vier seiner bewaffneten Männer postierte Ryan direkt auf der Baustelle. Drei verteilte er im Wald. Er selbst streifte ständig umher und suchte nach Spuren. Der Einsatztrupp bestand hauptsächlich aus Hubschrauberpiloten, die Forner mit Automatik-gewehren ausgerüstet hatte.

Ryan hingegen hatte das Gewehr, das man ihm gegeben hatte, absichtlich auf dem Stützpunkt zurückgelassen. Er hatte nicht die Absicht auf die Inuit zu schießen. Er begründete seine Weigerung damit, dass er für den Nahkampf ausgebildet worden war und ihm ein Gewehr nur hinderlich war. Obwohl er damit bei Fox und Forner auf Misstrauen stieß, hatten sie das schließlich genehmigt. Ryan trug seine Dienstpistole und sein Messer bei sich. Das genügte.

Er wusste genau, das Wolfschild mit seinen Männern in der Nähe war. Diesmal wollte er schneller sein. Diese Inuit waren Meister darin, selbst im Schnee kaum Spuren zu hinterlassen. Ryan hatte die Kapuze des weißen Schneeoveralls abgestreift und lauschte aufmerksam auf jedes Geräusch, das er aus dem Lärm der Baustelle herausfilterte. Er bewegte sich langsam vorwärts, keine Vorsicht außer acht lassend. Dennoch verwischte er seine eigenen Spuren nicht. Für Wolfschild war es mit Sicherheit ein leichtes Spiel, diese zu finden. Ryan blieb ruhig. Er spürte die Nähe der Inuit, obwohl er noch keine Spur von ihnen entdeckt hatte.

Ryans Gesicht verzog sich zu einem spöttischen Grinsen, als er die stampfenden Füße eines Menschen auf sich zukommen hörte und lehnte sich abwartend an einen Baum. Nur ein paar Schritte von ihm stellte einer seiner Männer das Gewehr an den Baum und erleichterte sich. Ryan hatte seinen Platz verlassen. Als der Mann nach seinem Gewehr griff, ging seine Hand ins Leere.

„Verdammt!", fluchte der leise und sah sich nervös um.

Es war still.

Der Mann betrachtete mehrere Fußspuren im Schnee, die verwirrend im Kreis herum führten, herkommend und wegführend. Er war sich nicht sicher, ob es seine eigenen waren. Schließlich ging er in die Hocke um die Fußspuren näher zu betrachten. Doch der feine Pulverschnee hatte sie zusammenfallen lassen wie eine vertrocknete Sandburg. Der Mann stand wieder auf und öffnete den Reißverschluss seines Overalls ein Stück. Ratlos blickte er sich um und griff nach seinem Funkgerät. Bevor er es benutzen konnte, schreckte er zusammen, als ein paar Vögel aus dem Dickicht flatterten.

„Suchen Sie was?"

Offensichtlich erschrocken fuhr der Mann herum und starrte den Indianer an, der plötzlich hinter ihm stand. Dann lächelte er erleichtert.

„Mann! Sergeant Hawk! Verdammt, Sie haben mir vielleicht einen Schrecken eingejagt. Ich dachte schon...", er beendete den Satz nicht.

Ryan hielt das Gewehr des Mannes in seiner Hand.

„Gehört das zu Ihnen?"

„Ja, verdammt", brummte er.

„Passen Sie besser auf."

„Hm", murmelte der andere niedergeschlagen. „Ja Sir. Ich bin Hubschrauberpilot, kein Krieger."

„Es ist auch kein Krieg", antwortete Ryan. „Folgen Sie den Spuren weiter in dieser Richtung. Wenn Sie irgend etwas verdächtiges bemerken, machen Sie Meldung."

„Zu Befehl."

Der Pilot stapfte durch den hohen Schnee davon.

Ryan blieb einen Augenblick reglos stehen, blickte sich um und lauschte aufmerksam. Noch immer war es still. Die Fußspuren des Piloten und seine eigenen waren mehr als deutlich. Schließlich kletterte Ryan auf eine der dicht verzweigten Tannen und kroch über Mannshöhe hinauf. Dort legte er sich wie eine Raubkatze auf die Lauer. Wolfschild war hier, davon war Ryan überzeugt. Die auffälligen Spuren mussten die Inuit bis zum Baum führen. Ryan wartete. Von der Baustelle her drang mäßiger, monotoner Lärm herüber.

Wie Schattengeister huschten einige Gestalten heran. Kaum das Ryans Augen sie beobachten konnten, waren sie weg. Er hätte vielleicht an eine Sinnestäuschung glauben können, wüsste er es nicht besser. Unsichtbar, schnell und lautlos kamen die Inuit aus verschiedenen Richtungen und trafen sich an der Stelle unter dem Baum, unter dem der Schnee niedergetrampelt war. Sie verständigten sich nur mit Handzeichen. Die Menge und die Deutlichkeit der Spuren schien sie offensichtlich zu amüsieren. Nach oben hatte noch niemand gesehen.

Ryan grinste.

Dann taxierte er die Entfernung zu seinem Ziel und sprang. Das Geräusch, das er verursachte, die Zweige der Tanne, die abschnellten und gegeneinander schlugen, ließ die Männer augenblicklich herumfahren. Doch Ryan war schneller. Den ersten der Männer hatte er bereits mit sich umgerissen. Der blieb bewusstlos im Schnee liegen, während Ryan auf die Füße sprang. Er nutzte den Augenblick der Überraschung, der die Männer lähmte und schnappte sich den nächsten Mann. Völlig perplex ergab der sich widerstandslos.

Die Messerklinge blitzte auf, als er diesem mit der Linken den Kopf am Haarschopf zurückzog. Ryan benutzte ihn als Schutzschild.

„Keine falsche Bewegung oder ich werde ein zweites Mal schneller sein. Halte deine Männer zurück, Wolfschild!", befahl Ryan.

Alle Inuit blieben reglos im Kreis herum stehen.

„Wenn wir mit Recht und Gesetz nichts erreichen können, werden wir diesen Weg gehen", antwortete der.

„Das ist der falsche Weg."

„Wer sagt das?", fragte Wolfsschild sarkastisch.

„Ein Lakota oder ein gekaufter Verräter!"

„Du weißt es!"

Wolfsschild musterte Ryan misstrauisch.

Ryan begegnete dem mit Entschlossenheit in seinem Blick.

„Du wirst ihm die Kehle durchschneiden, wenn wir dich überwältigen? Ohne dich ist es leicht, die Bauarbeiter von hier zu vertreiben. Das erste Fahrzeug ist bereits außer Betrieb."

„Auf diese Weise werdet Ihr weder den Bau stoppen noch sonst irgendetwas bewegen. Fangt euch das nächste Mal den Richtigen. Einer, der etwas Bewegen kann."

„Fox?"

„Nein. Nicht Fox. Den, der den Auftrag gab, den Plan zu ändern und vergessen hat, euch zu informieren."

„Der den Vertrag mit uns gemacht hat, wird in drei Tagen kommen. Das hat er Weißer Bär zugesagt. Bis dahin stoppen wir den Bau."

„Nicht solange ich den Befehl habe das zu verhindern."

Noch immer hielt Ryan den Mann fest und drückte die Klinge seines Messers an dessen Kehle. Der Inuit wagte nicht sich zu rühren.

„Willst du wissen, Lakota, was wir herausgefunden haben?"

„Gut, reden wir. Solange wir das tun ist Waffenstillstand."

„Einverstanden. Du hast mein Wort."

Ryan ließ den Mann los und steckte sein Messer weg.

„Die Infrastruktur ist gut. Es fragt sich nur für wen",

begann Wolfschild. „Am Tower Rock wird es bald eine Mülldeponie geben. Müll, den niemand in seiner Nähe haben will. Irgendjemand wird damit verdammt viele Dollars machen, nur wir werden davon nichts sehen. Wir werden krank davon und zugrunde gehen. Dazu brauchen sie auch einen größeren Flugplatz. Die Air Force wird das mit Sicherheit wissen. Sie verbergen die Wahrheit vor uns. Und das ist nur die Spitze des Eisberges, denken wir."

„Du wirst es nicht verhindern können", entgegnete Ryan.

Der Inuit schnaubte verächtlich.

„Dann wird es das Land des Bären hier nicht mehr geben. Wenn Nanuk stirbt, sterben wir auch. Aber vielleicht ist es noch nicht zu spät. Ich, wir werden nicht tatenlos zusehen, wie sie uns belügen, überfahren und töten."

Ryan nickte langsam. „Ich verstehe euch gut. Aber wenn du im Alleingang weiter gegen die Arbeiter der Road Company kämpfst, obwohl Weißer Bär den Vertrag unterschrieben hat, wirst du noch schneller tot sein, als Nanuk."

Wolfschild schwieg betreten.

Ryan wartete.

„Du hast vielleicht Recht, Lakota", meinte Wolfschild nach einer Weile. „Wer kämpft riskiert zu verlieren. Aber wer es nicht einmal versucht, hat schon von vornherein verloren."

Ryan schüttelte entschieden den Kopf.

„Sie werden weder mit dir noch mit euch kämpfen. Sie haben viel Geld und viel Macht. Sie werden euch ein paar Killer auf den Hals hetzen, um das

Problem schnell und unbürokratisch aus der Welt zu schaffen", entgegnete Ryan.

Wolfschild schüttelte wütend den Kopf.

„Aber ich kann nicht tatenlos zusehen. Ich will es nicht und ich werde auch nicht wegsehen. Es ist unser Leben."

Ryan nickte. Dann zog er eine Zigarettenschachtel heraus, bot sie Wolfschild und den Männern an. Als sie sich bedient hatten, zündete er sich selbst eine an, nahm einen tiefen Zug und blickte zu den Bauarbeitern hinüber.

„Bist du Pilot?", fragte Wolfschild.

„Nein. Fahrer."

Die Männer grinsten.

Während sie zusammen standen, rauchten und redeten, kam der Pilot zurück. Er war dem Pfad der Spuren auf seinem Rundgang gefolgt. Die Inuit hielten inne, als sie ihn hörten. Ryan sah ihn bereits. Er kam näher und hob langsam sein Gewehr.

„Ach so läuft das!", rief er und durch sein Funkgerät sprach er: „Ich habe sie. Sergeant Hawk macht gemeinsame Sache mit den Aufrührern."

Wolfschild umklammerte einen kurzen, dicken Ast mit seiner rechten Hand.

Der Pilot legte das Gewehr an. ...

Edition: *Seitenweise Voraus*

ISBN-10: 3740749083

ISBN-13: 978-3740749088

Indian Cowboy

Band 2 - Der Jäger

Gegenwartsabenteuer

„Wenn du mal einen beschissenen Job brauchst, den keiner machen will, dann melde dich bei mir, Ryan", sagt ausgerechnet ein FBI Agent zu Ryan Black Hawk.
„Ich arbeite nicht für das FBI!"
„Nicht für das FBI. Für mich."
Als Ryan unehrenhaft aus der US Army entlassen wird, bleibt ihm keine andere Wahl. Zu Fuß macht er sich auf den Weg in eine ungewisse und gefährliche Zukunft.

10

...Der Schnee verhüllte schließlich das Land und verzauberte die Wälder und Berge. Ein langer, harter Winter, der immer Sorgen und Nöte mit sich brachte, war gekommen. Hunger und Kälte machte den Menschen zu schaffen. Selbst in den Häusern, die nicht isoliert waren, glitzerten die Wände vor Kälte und kosteten manchem nicht selten das Leben. Schnee und Kälte klammerten sich noch immer an der Erde fest, auch als die Tage wieder länger wurden. Der zweite Monat des neuen Jahres endete. Noch immer blickte Keshia sehnsüchtig, Tag für Tag, zur Straße hinaus. Sie wartete. Lange Zeit.
„Er ist Headhunter, überall und nirgendwo. Ein Jäger, der ein großes Gebiet durchstreift, braucht

seine Freiheit", sagte Jimmy schließlich eines Tages leise zu ihr.

„Oder er hat Frau und Kinder zu versorgen und hat es mir verschwiegen", antworte sie ebenso leise. „Dann ist es besser, wenn er nicht wieder hier auftaucht", flüsterte sie traurig.

Und trotzdem horchte sie bei jedem Wagen auf und hoffte, dass es die dunkelblaue Corvette ist. Neloa und Adam beobachteten das Geschehen mit Sorge. Großmutter wusste genau, was in Keshia vorging. Mit ihrem zuversichtlichen Lächeln versuchte sie ihre Enkelin zu beruhigen.

Jeden Abend, nach der Arbeit bei Jimmy, fuhr Keshia mit dem Pick up Truck ihres Vaters hinauf zu der Stelle, an der den Sommer über das Tipi ihrer Großeltern stand. Zwischen den Bäumen spitzten die Pferde die Ohren. Drei Schecken und eine Schwarze gehörten ihnen. Seit vier Wochen war Keshias Vater wieder in den Bergen unterwegs. Diesmal hatte er allerdings die Pferde zurückgelassen. Das kam sehr selten vor. Sie hatte ihm versprechen müssen, sie zu versorgen und jeden Tag selbst nach ihnen zu sehen. Die Tiere waren hier oben gut aufgehoben und lebten beinahe wie Wildpferde. Sie hatten ein großes Terrain, Unterstände und Schutz. Sie kannten das Motorengeräusch genau und erwarteten es schon. Es versprach ihnen Futter und ein paar Streichel- einheiten. Manchmal sang Keshia ihnen auch etwas vor, während sie das Heu ablud. Als Keshia an diesem Abend den Truck am Zaun stoppte, starrte sie verwirrt auf das Tipi ihrer Großeltern, das gewöhnlich den Winter über nicht hier stand und auch bis gestern Abend nicht hier gestanden hatte.

Misstrauisch betrachtete sie das Zelt.

Vor dem Zelt war ein fremdes Pferd angepflockt und aus dem Rauchabzug stieg eine schmale Rauchsäule empor. Noch glaubte Keshia an eine Vision. Sie schloss für einen Moment die Augen und öffnete sie wieder. Alles war wie vorher. Langsam öffnete sie die Fahrertür, stieg aus und rief: „Vater?"

Niemand antwortete.

Obwohl sie das Tipi sehr gut kannte und es an derselben Stelle stand, wo es für gewöhnlich immer im Sommer stand, war sie misstrauisch. Ihre Großeltern hatten nichts erwähnt. Keshia nahm das Pfefferspray aus dem Handschuhfach. Ein Messer hatte sie ohnehin dabei, um die Heubündel aufzuschneiden. Keshia kletterte auf die Ladefläche, um die Bündel über den Zaun zu werfen. Immer wieder blickte sie sich misstrauisch um. Seltsam, dachte sie. Dann schob sie das Heu von der Ladefläche. Vertrauensvoll kamen die Pferde heran und knabberten ohne Argwohn, als wäre alles so, wie gewöhnlich. Schließlich sprang Keshia ab und schloss die Bordwand der Ladefläche. Immer wieder schickte sie ihren Blick zu dem Zelt. Kaum merklich schüttelte sie den Kopf. Noch immer konnte sie nicht fassen, was sie sah.

Plötzlich tauchte ein Reiter auf.

Erschrocken sprang sie einen Schritt zurück, um hinter dem   Truck Deckung zu finden. Mit schwer pochendem Herzen beobachtete sie ihn. Langsam steuerte der Fremde ein dunkelbraunes Pferd zum Zelt und stoppte neben dem anderen. Er trug einen schwarzen Cowboyhut, den er tief in sein Gesicht gezogen hatte. Der Fellkragen seiner Jeansjacke war nach oben geschlagen. Es hatte zunächst den Anschein, als hätte er den Truck nicht gesehen. Doch dann wendete er das Pferd auf der Stelle und sah genau zu ihr. Keshia hielt den Atem an. Ihre Kopfhaut begann zu prickeln. Das Herz schlug viel zu schnell. Sie öffnete den Mund. Ihr wurde plötzlich heiß. Sie war unfähig, sich zu rühren. So endlos lange hatte sie auf ihn gewartet, ganze drei Monate nichts von ihm gehört und nun saß er da, unbeweglich auf seinem Pferd, ohne zu grüßen, ohne Anstalten zu machen, zu ihr zu kommen. Er wartete. Keshia riss sich zusammen und trat hinter der Heckklappe hervor.

„Hey Fremder! Was suchst du hier?", rief sie.

„Eine schwarze Schlange", antwortete er.

„Was willst du von ihr?"

„Ich will sie mir holen."

„Was hat sie dir getan?"

„Sie hat mir meine Sinne geraubt."

Ryan setzte das Pferd in Bewegung und kam auf Keshia zu. Vor ihr blieb er stehen.

„Und mein Herz", sagte er.

Keshia bemühte sich um Selbstbeherrschung, als sie mit bebender Stimme sagte: „Mein Name ist Keshia Black Snake."

Ryan sprang vom Pferd.

„Ich habe es mir gedacht. Hattest du Angst?", schmunzelte er.

„Ganze drei Monate lang! Jeden Tag", fauchte sie.

Ryan lachte leise.

„Komm!"

Er griff nach ihrer Hand und zog sie mit sich zum Zelt. Dort band er sein Pferd neben dem braunen an.

Keshia wurde schwindlig, als er sie mit sich in das Zelt hinein zog.

In der Mitte züngelten kleine Flammen um die Holzscheite und erfüllten den Raum mit zauberhaftem Licht und Wärme. Ryan zog seine Jacke aus und warf sie zu Boden. Der Lakotamann stand ganz dicht vor ihr und betrachtete sie. Keshia spürte die Röte in ihr Gesicht aufsteigen. Es war wie ein Traum. Wie im Bann konnte sie sich nicht rühren, nicht den Blick von ihm wenden und nicht sprechen. Jeder der beiden betrachtete den anderen im Schein des Feuers. Langsam hob Ryan die Hand und strich Keshia das Haar aus dem Gesicht, strich mit den Fingerspitzen über ihre Wange und berührte ihre Lippen. Seine Finger waren eiskalt. Keshia zitterte kaum merklich. Beide Hände tasteten nach ihrem Hals, strichen sanft über die Haut, während sein Blick sie förmlich zu durchbohren schien. Sein Gesicht wirkte hart. Nicht die Spur eines Lächelns konnte Keshia spüren. Der Lakotamann wirkte verspannt und atmete heftig, als er sie mit beiden Händen zu sich heranzog und küsste. Unbeherrscht, beinahe grob, stieß er seine Zunge in ihren Mund. Keshia rang erschrocken nach Luft. Seine Atemzüge wurden noch heftiger und schneller. Währenddessen sanken sie langsam zu Boden und blieben voreinander knien. Ryan zog Keshia die Jacke aus, ohne sich von ihr zu lösen. Dann wanderten seine kalten Hände unter ihren Pullover. Keshias Haut zog sich blitzartig zusammen. Sie sog schraf die Luft durch ihre Nase. Nun spürte sie Ryans Lächeln. Unbeachtet dessen entkleidete er sie. Keshia ließ es geschehen. Sie zitterte, nicht nur wegen seiner kalten

Hände. Schließlich löste er seine Lippen von ihr und betrachtete ihren nackten Körper. Keshia schluckte mühsam.

Wie sehr hatte sie sich diesen Augenblick gewünscht. Der Mann, den sie so sehr liebte, war endlich zu ihr gekommen. Und nun hatte sie Angst. Als Ryan Keshias Brüste berührte, zitterte sie.

„Mich hat noch niemand geliebt", beantwortete sie seinen fragenden Blick kaum hörbar.

Seine Gesichtszüge wurden weich. Um seine Lippen herum erschien ein Lächeln.

„Ich werde es tun. Habe keine Angst. Vertrau mir."

Die sanften Worte Ryans erfüllten ihren Körper mit Wärme. Sie beobachtete Ryan, als dieser sich selbst entkleidete.

Als sie seinen erigierten Penis sah, spürte sie ein eigenartiges Prickeln in ihrem Unterleib, das sie so noch nie gespürt hatte. Sanft drückte der Mann sie auf die weichen Decken…

Indian Cowboy - Band 3 - Der rote Mustang

Als Ryan Black Hawk aus dem Gefängnis kommt, ist er weiter von sich selbst entfernt, als je zuvor.

In tiefer Trauer und Selbstverachtung wird er härter und sarkastisch. Ryan folgt seinem Freund Baxter nach Pierre und wird Rennfahrer. Dort zeigt er rücksichtslos sein Können und wird zum Sieger. Doch der Neid und Frust der Anderen wächst. Als Ryan in sein erstes Nachtrennen startet, überschlägt er sich mit seinem Mustang.

Die Ärzte kämpfen um sein Leben.

Sheloquins Vermächtnis

Ethno Thriller

Sheriff Ben Clifford ist nicht gerade erfreut, als in seinem District ein Mord geschieht, und das ausgerechnet vier Wochen vor seiner Pensionierung. Dabei ist Hope, die kleine, verträumte Stadt in British Columbia, wahrscheinlich der friedlichste Flecken auf der Landkarte. Clifford hofft auf die Hilfe des Eingeborenen, Cody White Crow. Niemand ahnt, dass auch dieser in großer Gefahr schwebt. Sein Leben verdankt Cody schließlich Montaya Sun Road, einer Squamish Indianerin und seinem treuen Wolfshund Mellow. Doch der Mörder läuft noch immer frei herum.
Seltsame Dinge geschehen, die immer mehr Fragen aufwerfen. Auch Clifford verstrickt sich tief in das rätselhafte Netz aus Lügen und Verrat.

11

Hope stand auf dem Ortsschild der kleinen Stadt. Hope am Fraser River. Wer auch immer diesen Ort so genannt hatte, musste Hoffnung gehabt haben. Eingebettet lag Hope, idyllisch umgeben bewaldeter Berge, im Tal, durch das sich der Fraser River schlängelte, dort, wo die Rocky Mountains mit den Coast Mountains zusammentrafen.

Nach einem langen, harten Winter hielt nun endlich der Frühling Einzug in Hope. Die Sonne schien vom fast wolkenlosen Himmel und zauberte ein Lächeln in die Gesichter der Menschen. Der Ort wurde wieder lebendiger, erwachte zu neuem Leben, wie es schien, so, wie jedes Jahr um diese Zeit. Doch in diesen Tagen war etwas anders. Die Leute sprachen von dem schrecklichen Vorfall in den Bergen, zwischen dem Isolillock und dem Silver Peak. Sie raunten sich Schauergeschichten zu, redeten hinter vorgehaltener Hand über Mord und trauerten um den alten Mann, den sie seit einem halben Jahr nicht mehr im Ort gesehen hatten. Es hieß, Cody White Crow, hätte die verkohlten Überreste Sheloquins gefunden, als er mit Jägern in den Bergen unterwegs gewesen war. Die White Crows wohnten drüben bei Mission, in der Reservation. Um so mehr heizte der blaue Silverado, der schon seit Stunden vor der Polizeistation in Hope parkte, die Gemüter und Gerüchte an. Jeder hier im Ort wusste, dass dieser Pickup mit dem Wolfshund auf der Ladefläche Cody White Crow gehörte. Erst vor zwei Tagen hatte der genau an derselben Stelle gestanden. Stundenlang.

Der junge Indianer saß im Büro des Sheriffs. Seine rabenschwarzen Augen funkelten Ben Clifford aufmerksam an, während dieser die Aufnahme des Falles Sheloquin erläuterte. Die Luft hier drin war etwas modrig und verstaubt, so wie das ganze alte Mobiliar. An der Wand, direkt hinter dem Bürostuhl des Sherriffs, klebte eine Landkarte. Das gesamte Gebiet um Hope. Sein Distrikt erstreckte sich weit über Ort und Berge hinaus.

Der Zuständigkeitsbereich war markiert und relativ groß. Das lag daran, dass es ringsum nur Wildnis gab, die so dünn besiedelt war, dass jeder Einwohner in Hope seinen eigenen Naturpark eröffnen könnte.

»Tja, leider gibt es da oben keine Spuren mehr«, schloss Sheriff Clifford seinen Bericht. »Alles, was wir wissen, ist, dass die Gerichtsmedizin Sheloquins Überreste eindeutig identifiziert hat und dass es keine weiteren«, der Sheriff räusperte sich, bevor er weitersprach, »keine weiteren Leichen gegeben hat. Der alte Mann war allein. Vielleicht ist er mit seiner Zigarette im Bett eingeschlafen.«

Cody White Crow schüttelte entschieden den Kopf.

»Sheloquin ist getötet worden. Das habe ich dir schon mal gesagt, Ben Clifford. Von zwei, vielleicht auch drei Männern. Um die 1,80 und etwa achtzig bis neunzig Kilo schwer. Sie trugen Rangerstiefel. An einem Stück Holz klebte Blut«, sagte er.

Clifford hob den Kopf samt Augenbrauen.

»Du warst noch mal da oben?«, fragte er erstaunt.

»Nein. Ich habe mir das sofort angesehen, bevor alle Spuren vernichtet worden sind. Vorgestern.«

Cliffords Augen wurden noch größer. Winzige Schweißperlen erschienen auf seiner Stirn. Der junge Indianer, der ihm gegenüber saß, war erst fünfundzwanzig. Der Sheriff war mehr als doppelt so alt. Achtundfünfzig, um genau zu sein. Er war groß, kräftig gebaut und im Laufe seiner Schreibtischkarriere hatte er hier und da etwas Speck angesetzt. Auf seinem Kopf standen die Haare, senkrecht und sehr kurz geschoren. Sie waren braun mit einem rötlichen Schimmer. Clifford zog sein Taschentuch aus der Hosentasche und wischte über die Stirn.

»Wir hatten noch nie einen Mordfall hier. Nicht, solange ich hier Sheriff bin, Cody. Hope ist ein friedlicher Ort. Wahrscheinlich der friedlichste, den es in ganz British Columbia gibt.«

Cody musste schmunzeln.

»Da passt so etwas nicht, nicht vor deiner Pensionierung«, bemerkte er.

Clifford blickte auf den jungen, schlanken Mann und schwieg. Dieser hockte angespannt auf der Stuhlkante, bereit zum plötzlichen Aufspringen. Clifford kannte Cody genau. So meinte er wenigstens. Der Indianer, der in Bluejeans und blau kariertem Hemd steckte, war anders als alle Vorstellungen, die Clifford je von einem Indianer gehabt hatte. Cody White Crows Haar war kurz und gepflegt, als wäre er gerade vom Friseur gekommen. Und er trug einen braunen Cowboyhut. Der lag im Augenblick allerdings auf dem Schreibtisch des Sheriffs. Clifford spürte den herausfordernden Blick des jungen Indianers unangenehm auf sich gerichtet. Das tat kein anderer Indianer, mit dem der Sheriff jemals zu tun gehabt hatte.

»Es wird in den Zeitungen stehen«, brummte Clifford schließlich missmutig.

Cody nickte. »Und es kam in den Spätnachrichten.«

»Die Leute reden.«

»Natürlich tun sie das.«

»Verflixt noch mal«, zischte Clifford. »Ich muss herausfinden, was dort oben passiert ist. Vielleicht war es Mord, vielleicht auch nicht.«

Cody lehnte sich auf dem Stuhl zurück und verschränkte die Arme.

»Mindestens einer der Männer besitzt eine Polizeipistole. Ich habe eine Patrone gefunden. Sie war nicht abgeschossen worden, sondern nur zu

Boden gefallen«, sagte er ernst.

»Weshalb hast du mir das nicht gleich gesagt!«, fuhr Clifford auf.

»Das habe ich. Du musst mir nur mal zuhören. Aber ich bin nur ein Jagdführer, ein Fremdenführer, ein Lachsfänger und manchmal schnitze ich. Ich bin nur ein Ureinwohner, aber kein Polizist. Sheloquin musste sterben«, antwortete Cody ruhig.

»Ja. Er war dreiundachtzig«, meinte Clifford mit einem zynischen Unterton.

»Und irgendjemand dauerte es zu lange, bis Sheloquin gehen würde.«

Der Sheriff presste die Lippen aufeinander und schnaufte.

»Du lehnst dich weit aus dem Fenster, White Crow.«

Cody legte den Kopf schräg und kniff seine Augen zu kleinen Schlitzen. Er beobachtete den Sheriff, wie der Berglöwe seine Beute. Holz knackte in die Stille.

»Ich will dir nur helfen, den Mörder des alten Mannes zu finden, auch wenn du mich nicht darum gebeten hast.«

»Was weißt du?«, fragte Clifford vorsichtig.

»Dass das Land da oben, Sheloquins Land, den Ureinwohnern gehört. Und nur ein Mann unseres Volkes, nur ein Skwahla, wird der Hüter dieses Landes sein.«

Clifford verzog das Gesicht, als hätte er puren Zitronensaft geschluckt.

Cody grinste. Dann nahm er seinen Hut und stand auf.

»Was hast du vor?«, fragte der Sheriff.

»Ich tue meinen Job. Tu du den deinen.«

Clifford brummte wie ein alter Grizzlybär über diese

Respektlosigkeit. Aber er konnte dem jungen Indianer nicht böse sein. Cody war nicht unbedingt sein Freund, aber er war ihm von großem Nutzen. Das hatte Sheriff Ben Clifford lange erkannt. Cody war ein wichtiger Informant. Er war zwar eigenwillig, aber zuverlässig und er belog ihn nicht. Das wusste Clifford sehr zu schätzen. Insgeheim erhoffte er sich Hilfe von dem jungen Indianer, vielleicht auch in dem Fall Sheloquin. Aber Cody White Crow half nur, wenn er das selbst auch wollte, wenn es seinen Interessen entsprach. Diesmal hatte der Bursche ein großes Interesse daran, dass der Fall aufgeklärt wurde. Ansonsten hielt er sich aus allen Dingen heraus, die ihn nichts angingen. Mehrmals hatte der Sheriff ihn deshalb als Sturkopf bezeichnet.

»Weißt du schon, wer Sheloquins Erbe antritt?«, fragte Clifford.

Cody grinste. Dann setzte er seinen Hut auf den Kopf und wandte sich zum Gehen.

Der Sheriff hob an, etwas zu sagen. Er öffnete seinen Mund und schloss ihn wieder, ohne, dass ein Wort seine Lippen verließ. Ratlos schüttelte er den Kopf. Cody schloss die Tür hinter sich.

Die Sonne schien. Der Wolfshund, der auf der Ladefläche des Pickups gedöst hatte, hob den Kopf und winselte leise. Cody öffnete die Wagentür und wartete einen Augenblick.»Na komm schon«, lachte er. Der Hund sprang von der Ladefläche, begrüßte seinen zweibeinigen Freund und war mit einem Satz auf dem Beifahrersitz des Pickups verschwunden. Cody schlug die Tür zu, stieg ein und startete. Er hatte die neugierigen Blicke der Leute längst bemerkt. ...

12

...Montaya sprang aus dem Wagen und rief nach ihrem Vater.

»Vater!...,Dad?...,Jean!«

Ein Pferd wieherte. Es klang anders als die übliche Begrüßung. Es klang wie eine Warnung vor Gefahr. Montayas Herz schlug schneller.

»Es fehlen Pferde«, flüsterte sie zu Pat, der hinter sie getreten war.

»Lass uns im Haus nachsehen«, meinte er und griff vorsichtig nach Montayas Hand.

Pat trat zuerst durch die offene Tür und blieb wie angewurzelt stehen. ...

Bald gibt es am Isollilock Peak einen weiteren Toten und einen spurlos verschwundenen Mann. Codys Misstrauen ist berechtigt. Bald jagen ihn nicht nur die Mörder des alten Mannes, sondern auch Ben Clifford und seine Deputies.

13

Erschöpft blieb Cody flach auf dem Felsplateau liegen. In seinen Ohren rauschte es. Er glaubte, den Wasserfall zu hören. Das Rauschen wurde langsam leiser und dann zur dumpfen Stille. Er tastete nach der Verletzung an seiner linken Schulter. Es fühlte sich feucht an. Vielleicht vom Schweiß. Es brannte wie Feuer. Als Cody seine Finger betrachtete, sah er flimmernde Kreise aus Licht und Schatten. Er war müde und schloss seine Augen. Nur für einen Augenblick. Sein Atem beruhigte sich nur langsam. Das Herz hämmerte stark gegen die Brust, dass es schmerzte. Es ließ ihn nicht zur Ruhe kommen. Es hinderte ihn daran einzuschlafen. Sein Herz rüttelte ihn wach. Langsam wurde Cody bewusst, dass er hier nicht liegen bleiben durfte.

Wo ist Mellow?

Wo der, der auf mich geschossen hat?

Mühsam kroch Cody weiter. Erst jetzt bemerkte er das Blut an seinen Fingern. Seine Sinne wurden klarer. Sein Überlebenswille gab ihm neue Kraft. Cody tastete sich am Felsen weiter und kletterte vorsichtig an der Felswand entlang und schließlich den Bergkamm hinauf. Dort stand eine einsame Rotzeder. Unter deren Schutz machte Cody eine Pause, um seine Kräfte zu sammeln. Er lauschte. Helikopter näherten sich. Sie kreisten über dem Gebiet am Isollilock Peak. Codys Herz schlug schneller, als er beobachtete, wie die zwei Helikopter auf der Lichtung am See aufsetzten. Clifford hatte also Verstärkung angefordert.

Nur schnell weg hier!, dachte Cody.

Seine Schmerzen gerieten gänzlich in Vergessenheit. Cody hatte sein Seil, sein Messer und er hatte Durst. Der begann ihn zu quälen. Der Mund war durch seine schnellen Atemzüge ausgetrocknet. Die Zunge klebte am Gaumen und jeder neue Atemzug brannte in der Kehle. Geschickt setzte er seine Füße über die Unebenheiten des Felsmassives. Auf dem Plateau, oberhalb des Sees, waren die Felsen glatt und ausladend. Nur in wenigen Rissen hatte sich Staub und Wasser gesammelt, aus denen wenige graugrüne, stachelige Sträucher wuchsen. Hier und dort stand eine verkrüppelte Kiefer. Spitze, zerklüftete Felsensteine verbargen sich teilweise unter Bewuchs und Moos. Zur Seeseite hin ragte der

Felsen steil in die Höhe, sodass an einen Abstieg nicht ohne Weiteres zu denken war. Zur Waldseite hingegen fiel der felsige Boden so schräg ab, wie eine angekippte Tischplatte.

Zwischen den scharfkantigen Steinen und Bewuchs lag unscheinbares Geröll. Codys Weg erforderte Geschick und ungeteilte Aufmerksamkeit. Für die Verfolger würde es leicht sein, hier Codys Spuren zu finden. So vermied er es, Moos von den Steinen zu treten, Zweige zu brechen oder in Grasbüschel zu treten.

Jemand anderes machte sich darum weniger Sorgen. Zwischen den gedrungenen Kiefern tauchte der Wolfshund auf. Er beobachtete das eigenartige Verhalten des Zweibeiners, bevor er auf ihn zusprang. Cody lachte, während Mellow sich schüttelte, sodass die Wassertropfen nur so aus seinem Fell flogen.

»Du hast es richtig gemacht«, sagte Cody leise.

Cody konnte das Rauschen des Wasserfalls bereits deutlich hören. Er hockte sich für einen Moment zu Mellow und kraulte ihm das nasse Fell. Codys Kopf begann erneut zu schmerzen, als er angestrengt nachdachte.

Hatte tatsächlich Ben Clifford diese Männer geschickt? Kopfgeldjäger, um Cody White Crow zu fangen? Oder wollte ihn jemand töten lassen, so, wie den alten Sheloquin?

Dieser Gedanke allerdings jagte ihm Angst ein. Diese Jäger würden Jagd auf ihn machen und wenn Cody seine Gedanken zu Ende führte, wusste er, dass sie ihn nicht verhaften wollten. Cody wandte den Kopf zu Mellow und flüsterte:

»Wenn wir das überleben wollen, müssen wir schnell sein, mein Freund.«

Cody hatte den Fluss, am unteren Teil des Sees, erreicht. Frisches Quellwasser und Regen, der sich in unzähligen Rinnen bergabwärts sammelte, versorgte den See über das Jahr mit frischem, klarem Wasser. Nur im Frühjahr, wenn der Schnee in den Bergen schmolz, verwandelte sich der Zufluss und der Abfluss in eine quirlige, gefährliche Strömung, die sich seit langer Zeit den Weg durch die Schlucht bahnte. Cody blickte hinab. Das Wasser spielte mit Schlamm und Geröll. Nun, im Monat Mai, begann tagsüber der Schnee zu schmelzen und das Schmelzwasser drängte mit aller Macht in die Täler. Es lag noch viel Schnee in den Höhenlagen der Rocky Mountains und die frostigen Nächte brachten oft noch Neuschnee mit sich. Cody wusste das nur zu gut. Vorsichtig betrat er den Baumstamm, der über die Schlucht zur anderen Seite führte. Für etwa fünf bis sechs Meter war er ungeschützt.

Jeder Raubvogel konnte ihm hier gefährlich werden. Vorsichtig balancierte Cody auf dem feuchten, rutschigen Baumstamm, Schritt für Schritt. Mellow folgte ihm. In diesem Augenblick krachte ein Schuss. Das Geschoss pfiff dicht an Codys Ohr vorbei und zerfetzte einen jungen Baumstamm auf der gegenüberliegenden Seite.

Mühsam rang Cody nach Luft. Er war zur Zielscheibe geworden. Zur Flucht hatte er nicht die geringste Chance. Cody hielt inne und versuchte, sein Gleichgewicht auf dem Baumstamm zu halten. Wirre Gedanken schwirrten durch seinen Kopf. Unter ihm war der Fluss und an dieser Stelle war das

Wasser, durch die Schneeschmelze, tief genug. Aber auch eisig. Vielleicht würde Mellow den Schützen erwischen, bevor der den nächsten Schuss abgeben konnte, so hoffte Cody. Doch der kam genau in diesem Augenblick, als Cody sich bewegte. Der dumpfe Schlag gegen sein rechtes Schulterblatt schmetterte ihn nieder. Er spürte einen Augenblick das harte Holz des Baumstammes, auf das sein kraftloser Körper knallte. In der folgenden Finsternis vor seinen Augen tanzten Sternchen. Er spürte den furchtbar brennenden Schmerz und die unsichtbare Kraft, die ihn in die Tiefe riss.

Cody hörte wie in Trance und aus weiter Ferne das schmerzvolle Jaulen seines treuen Freundes. Codys letzte Gedanken und seine Sorge galten Mellow. Er vernahm sein eigenes Keuchen, während sein Körper gegen etwas Hartes prallte. Es hielt ihn nicht auf. …

Edition: *Seitenweise Voraus*
www.brita-rose-billert.de

Erscheint in 2019 als Taschenbuch und E-Book
In jeder Buchhandlung und allen Onlinehändlern

Ein Pferd für alle Fälle

14

...Ich muss raus! Ich muss an die frische Luft!
Wütend knallte ich die Zimmertür hinter mir zu. Ich zuckte selbst erschrocken zusammen. Zum Glück schien es niemand bemerkt zu haben. Die Sonne strahlte vom blauen Himmel und draußen tummelten sich Spaziergänger. Auch mich zog es hinaus. Ich hatte mich angekleidet, als plante ich einen Ausflug zum Nordpol. Vorsichtshalber. Ich war die geborene Frierkatze und mein Immunsystem arbeitete zur Zeit nur mit halber Kraft. Außerdem hatte mich die Erfahrung gelehrt, dass die Sonne zu dieser Zeit oft nur Wärme vorgaukelte und die Luft noch klirrend kalt und windig war. Doch diese belehrte mich heute eines Besseren, als mein Rollstuhl Hugo und ich zur Glastür hinaus ins Freie fuhren.

Ich spürte die Sonnenstrahlen auf meinem Gesicht und musste blinzeln. Der erste wirklich warme Frühlingstag. Der Geruch nach frischen Gras lag in der Luft. Die Knospen an Bäumen und Sträuchern waren innerhalb einer Woche aufgesprungen. Mir war so warm, dass ich die Mütze vom Kopf zog und die Steppjacke aus.

„Herrlich", seufzte ich.

Ich spürte den Anflug von Glück. Vielleicht Frühlingsgefühle. Der Ärger über den Brief war vergessen. Ich hatte ihm förmlich den Rücken gekehrt.

„Auf geht`s", flüsterte ich Hugo zu und musste schmunzeln.

Wir fuhren ein Stück den gepflasterten Weg entlang. Es glich einem Ausflug durch die Rushhour. Ich hatte keine Besucher. Also steuerten wir zwei allein in den relativ kleinen Park. Der war geradezu überfüllt von Menschen und von einem Maschendrahtzaun umgeben. Ich fühlte mich plötzlich wie im Großstadtgetümmel. Ich war allein unterwegs und ich suchte etwas anderes. Hugo schien sich hier ebenfalls nicht wohl zu fühlen. Bereitwillig wendete er mit mir und fuhr in die andere Richtung. Vorbei am Parkplatz landeten wir auf einer Asphaltstraße. Links waren die ersten Häuser zu sehen. Der Weg führte in die Stadt. Das wusste ich noch von unserem Ausflug zum Griechen. Ich grinste und bog rechts ab. Vor mir Feld und Wiese. Rechts führte ein Waldweg von der Straße direkt in die Wildnis. Es roch nach Abenteuer.

Hugo ratterte über die Unebenheiten. Es holperte ordentlich.

„Von wegen, nicht geländegängig. Hugo, du bist echt super." Hier gefiel es mir wesentlich besser, auch wenn Hugo und ich wieder allein waren. Doch allein unter vielen fremden Menschen zu sein, die uns nicht kannten und uns ignorierten, war schmerzlicher. Nach einiger Zeit führte der Weg stetig bergan und es wurde mühsam vorwärts zu kommen. Ich kämpfte, schwitzte und fand es schließlich vernünftiger zu pausieren.

Auf der Lichtung zwischen den Bäumen, entdeckte ich erste Veilchen und Gänseblümchen. Ringsum standen vereinzelt alte, dicke Buchen. Das frische Gras hatte eine magische Anziehungskraft. Ich konnte nicht anders. Hugo brachte mich auf diese märchenhafte Lichtung, holperte quer über die Rasenfläche und blieb stehen. Es war so unbeschreiblich schön hier. Die Sonne schien direkt auf die Lichtung und kitzelte auf meiner Nase. Die Lichterstreifen zwischen den Bäumen bewegten sich wie tanzende Fabelwesen. Langsam ließ ich mich zu Boden gleiten, streckte mich auf meiner Jacke aus und versicherte mich, dass ich Hugos Bremsen richtig arretiert hatte. Ich dachte nicht darüber nach, wie ich allein wieder hinaufkommen sollte oder konnte. Ich schloss einfach die Augen. Genau hier, in diesem Augenblick, stand die Zeit plötzlich still. Die Gedanken, die mich hin und wieder noch quälten, hüllten sich in eine Nebelwolke und flogen auf und davon.

Vor meinen geschlossenen Augen bildeten sich Lichtspiralen. Insekten schwirrten, leise summend, umher. Ich konnte sie hören. Ich konnte nicht beschreiben, wie Frühling riecht, aber sein Duft lag klar in der Luft. Das Leben konnte schön sein. Sogar ein Leben mit Hugo. Ich lächelte zufrieden in mich hinein. Ich wusste nicht, wie lange ich hier gelegen hatte, als ich ein eigenartiges Geräusch direkt neben mir hörte. Ein Schnauben ließ mich aufschrecken. Ich öffnete sofort die Augen, um zu sehen, was das war. Ich erschrak noch mehr, als ohnehin schon. Flüchten konnte ich allerdings nicht. Ein großer brauner Kopf befand sich direkt neben dem meinen! Irgendetwas beschnüffelte mich.

Ich zuckte merklich zusammen.

Mein Schreckensschrei erstickte im Ansatz. Samtweiche Lippen tasteten meine Wange ab. Ich hielt die Luft an. Dann hörte ich ein amüsiertes Lachen.

Eine dunkle Gestalt stand mit dem Rücken zur Sonne, sodass ich nur schwarze Umrisse erkennen konnte.

„Mein Pferd hat sich vor dir erschreckt. Du passt nicht zum Grün des Rasens mit deinem pinkfarbenen Pullover. Der leuchtet wie ein Signal in der Ferne", vernahm ich eine männliche Stimme.

Ich schnippte förmlich auf. Das Etwas war tatsächlich ein Pferdekopf. Auge in Auge blickten wir uns an. Das Pferd schien das nicht zu stören. Ich nahm die Hand über meine Augen, um das blendende Sonnenlicht zu ertragen und verzog das Gesicht.

Die Gestalt trat neben mich und legte den Kopf schräg. Immerhin konnte ich den jungen Mann nun erkennen, der mich unverfroren anlächelte. Er trug Jeans, Stiefel, kariertes Hemd und eine dunkelrote Steppweste.

„Darf ich?", fragte er und wies mit der Hand auf das Stück Rasen neben mir.

„Ja. Ist gerade noch frei ", antwortete ich, während ich krampfhaft überlegte, ob ich ihn schon mal irgendwo gesehen hatte. Wieder vernahm ich das dunkle Lachen, während sich der Fremde neben mir niederließ.

„Schönes Wetter heute", begann er.

„Hmhm", murmelte ich gelangweilt.

Ich hatte etwas einfallsreicheres erwartet.

„Ich bin Freddy", stellte er sich vor.

„Stella."

„Was für ein schöner Name."

Ich atmete tief durch. Der Typ war aus dem letzten Jahrhundert.

„Kann ich nichts dafür", antwortete ich sarkastisch.

Wieder hörte ich sein dunkles Lachen. Okay, er war nett und hübsch und ich konnte ihn nicht einfach stehen lassen und gehen. Selbst wenn ich wollte. Ich sah mich um. Hugo parkte etwa einen Meter hinter mir gemeinsam mit dem Pferd. Ein eigenartiges Paar. Ich grinste.

„Und? Gefällt es dir hier?", fragte Freddy.

Ich wandte mich zu ihm um und wagte mir, ihn direkt anzusehen.

„Nein. Ich bin gerade auf der Flucht und mache eine Pause."

Freddy musterte mich. Ich hoffte inständig nicht rot zu werden. Eigenartig. Ich hatte tatsächlich das Gefühl ihm schon mal begegnet zu sein.

„Auf der Flucht scheinst du oft zu sein. Wovor flüchtest du?"

Uhh. Ertappt.

Ich brach in absolute Sprachlosigkeit aus und spürte mein Schutzschild bröckeln. Rasch wandte ich meinen Blick von ihm ab. Freddy blieb ebenfalls schweigend neben mir sitzen. Er schien mit mir in eine Richtung zu blicken, irgendwo am fernen Horizont, als würde dort die Antwort stehen. Wir saßen einfach eine ganze Weile nebeneinander und schwiegen gemeinsam. Hinter uns vernahm ich deutlich das Pferd, dass Gras zupfte und mit seinen Zähnen zermalmte. Pferd müsste man sein. Schließlich wurde mir doch kühl. Ich angelte nach meiner Jacke.

„Darf ich dir helfen?", fragte Freddy.

„Das geht schon. Aber wenn du mir helfen willst... Ich habe keine Ahnung, wie ich in meinen Rollstuhl kommen soll."

Wortlos erhob sich Freddy und beugte sich zu mir herab.

„Leg deinen Arm um meine Schulter und halte dich fest."

Bevor ich protestieren konnte, fand ich mich auf Freddys Armen wieder. Meine Hand steifte unwillkürlich seine langen Haare. Er trug mich zu Hugo und setze mich vorsichtig ab.

„Danke", sagte ich.

„Gern geschehen. Fährst du weiter?"

„Ja. Es wird kühl."

Freddy stand direkt vor mir und blickte auf mich herab. Es war wie ein Stromstoß, der meinen Körper wie ein Blitzeinschlag durchfuhr. Jetzt wusste ich plötzlich, wo ich diesem Freddy begegnet war. Im Krankenhaus! Ich war bei meinem ersten Ausflug gegen seinen Körper geprallt. Oh mein Gott. Ich fühlte mich peinlich berührt. Der Kerl hingegen grinste mich frech an.

„Na, ist es dir wieder eingefallen?"

Ich spürte die Schamesröte in mein Gesicht aufsteigen. Es war nicht zu verhindern. Dann nickte ich. Freddy stieg auf das Pferd und trabte ohne ein weiteres Wort davon. Er sah sich nicht mal mehr um. Der Mann auf dem Pferd erinnerte mich an einen der Cowboys, die ich im Fernsehen gesehen hatte. Ein Hauch von Abenteuer streifte meine Sinne. Etwas geheimnisvolles blieb zurück. ...

Manuskript in Arbeit
Wird als Taschenbuch und E-Book erscheinen.
www.brita-rose-billert.de

Maggie Yellow Cloud
Band 3 - Eine Ärztin startet durch

Ethno Thriller

15

...Craig hatte Ray Yellow Cloud mit sich zur Straße gezerrt und warf ihn gegen seinen parkenden Wagen. Ray hatte Angst. Was wollte dieser Idiot von ihm?

„Du bist mir was schuldig", zischte Craig Ray an.

Winzige Speicheltropfen sprühten in dessen Gesicht. Ray ekelte sich. Er rang nach Luft.

„Was?", krächzte er.

Craigs Gesicht verzog sich zu einer hässlichen Fratze. Dann grinste er diabolisch.

„Du besuchst deine Tante, die jetzt deine Mutter ist, im Hospital. Du wirst mir etwas mitbringen."

„Was?", krächzte Ray wieder.

„Medizin. Der Stoff ist unter Verschluss und sie hat den Schlüssel dazu."

„Was?", krächzte Ray zum dritten Mal.

Sein Gesicht hatte sich tiefrot verfärbt. Craig wurde noch wütender, als er ohnehin schon war. Er zog Ray zu sich heran, nur um ihn wieder rücklings gegen den Wagen zu werfen.

„Idiot!", schrie er.

Ray schluckte. Ihm war schwindlig.

Grelle, blitzende Sterne tanzten vor seinen Augen.

„Die Schmerzmittel, Mann", zischte Craig.

„Morphium und die ganze Familie. Alles, was du finden kannst. Verstanden?"

Ray schnappte nach Luft. Die Dunkelheit vor seinen

Augen lichtete sich. Verschwommene Bilder entstanden. Dann erkannte er Craigs Fratze vor sich. Ray schüttelte den Kopf und öffnete den Mund.

„Vergiss es", sagte er leise.

Das war ein Fehler.

Craig schlug zu. Einmal und in seiner blinden Wut noch einmal. Dann fing jemand seine Faust ab.

„Lass die Finger von meinem Bruder!", warnte Antonios laute Stimme.

„Sonst was!?", schrie Craig, während er sich zu seinem Angreifer umwandte.

„Sonst verwandle ich dich in eine läufige Hündin", spottete Antonio.

Craig kochte vor Wut. Sein Gesicht verfärbte sich dunkelrot. „Halt dich da raus!", brüllte er.

Antonios Blick wanderte zu Ray, der sich gebückt am Wagen abstützte. Ray atmete hastig. Aus seinem Gesicht tropfte Blut auf den Asphalt. Dann wandte er sich wieder Craig zu.

„Kleine Geschwister haben große Brüder. Das solltest du wissen, Red Bow. Nimm dich vor mir in acht."

Craig lachte höhnisch auf.

„Du willst dich mir entgegenstellen? Ich werde dich zerquetschen wie einen Wurm."

Über Antonios Gesicht huschte ein überlegenes Lächeln.

„Hüte deine Zunge. Du bist eine Schande für uns alle hier."

Craig spuckte Antonio vor die Füße.

Niemand hatte bemerkt, dass Sharon hinter ihnen auftauchte. Erst ihr abgehackter Schreckensschrei ließ die jungen Männer wissen, dass sie beobachtet

wurden. Wortlos ging sie zu Ray, kniete vor ihm nieder und reichte ihm ein Taschentuch.

Craig stieß einen lauten Pfiff aus, worauf Luke auftauchte. Ohne ein weiteres Wort stiegen sie in den Wagen, während Antonio Ray davon wegzog. Laut knallten die Türen. Der Motor heulte auf, wie ein gequältes Tier. Die Räder scharrten auf dem Asphalt. Dann sprintete der Wagen davon.

Sharon kniete noch immer am Boden, als Antonio in ihr erschrockenes Gesicht blickte. Ihr Gesicht war aschfahl. Ihre Lippen zitterten. Mit der Hand wischte sie sich die Tränen aus dem Gesicht.

„Kannst du Maggie anrufen?"

Das Mädchen nickte und tat das.

„Kannst du mich verstehen Ray?", fragte Antonio.

Ray nickte schwach. Der erste Schlag hatte ihn im Gesicht getroffen und wahrscheinlich sein Nasenbein getroffen. Dickes Blut sickerte hervor. Der zweite Schlag saß tief im Bauch, sodass sich Ray unter den Schmerzen krümmte. Antonio schüttelte den Kopf, während er mit weiteren Taschentüchern das Blut abtupfte.

Maggie meldete sich und Sharon berichtete tapfer mit wenigen Worten, was geschehen war und wo sie waren.

„Sie ist gleich hier. Halt durch, Bruder", flüsterte sie, den Tränen nahe.

„Haben sie dir etwas getan, Sharon?"

„Nein. Sie haben mich nicht bemerkt."

„Gut."Antonio nickte zufrieden. „Du bist tapfer."

„Er hätte ihn totgeschlagen, Bruder, wenn du nicht rechtzeitig gekommen wärst."

Antonio atmete tief durch und hüllte sich in Schweigen. Kaum zwei Minuten später drang das Signal des Notarztwagens zu ihnen. Maggie sprang aus dem Wagen und eilte sofort zu ihrem Neffen, der nach dem Tod der Eltern auch ihr Sohn war. Seth Thompson höchstpersönlich folgte ihr. Er trug den Notfallkoffer. Der Chefarzt hatte Maggie nicht allein fahren lassen. Der Rettungssanitäter, Louis Three Star, folgte eine Minute später mit dem Rettungswagen. Das Hospital in Pine Ridge war von der Schule nicht weit entfernt und mit dem Notarztwagen in etwa drei Minuten zu erreichen. Maggie kniete sich neben Ray.

„Ray, ich bin es, Maggie. Alles wird gut", sagte sie sanft.

Ray war bei Bewusstsein. Er stöhnte leise. Große Schmerzen quälten ihn. Aus seinen Augen rannen Tränen. Er zwinkerte. Vorsichtig tastete Maggie über das Gesicht ihres Sohnes. Ihre Hände zitterten. Ray stöhnte noch einmal. Das Atmen viel ihm schwer. Seth hockte sich neben Maggie und schickte einen kurzen Blick zu Sharon. Die schien unter Schock zu stehen.

„Er hat ihn voll im Gesicht erwischt, das Schwein", begann Antonio, der nun fast teilnahmslos daneben stand. „Ich hoffe, dass es nur das Nasenbein ist. Der andere Faustschlag landete im Bauch. Ich war nicht schnell genug bei ihm. Aber den dritten Schlag habe ich verhindert."

Maggie blickte zu Antonio auf und nickte stumm. Ihre Augen glänzten.

„Wir bringen ihn sofort zu uns", sagte Seth.

„Er bekommt schlecht Luft. Die Nase, das ganze Gesicht ist angeschwollen", sagte Maggie besorgt.

„Wir sedieren ihn, wegen der Schmerzen. Dann legen ich ihm eine Nasensonde, bevor alles dicht ist und gebe ihm Sauerstoff", sagte Seth und nickte Louis zu.

Während der Chefarzt am Notfallkoffer hantierte, brachte Louis die Transporttrage. Als alles getan war schien Ray ganz ruhig und entspannt zu schlafen. Dann schoben Seth und Louis den fünfzehnjährigen in den Transporter. Louis gab Ray sofort Sauerstoff. Der Arzt schlug die Tür zu.

Maggie und Antonio halfen Sharon vorsichtig auf die Beine. Da sie die ganze Zeit auf den Asphalt neben ihrem Bruder gekniet hatte, wirkten ihre Glieder wie gelähmt. Der letzte Blutstropfen schien aus ihrem Gesicht gewichen zu sein. Antonio trug das Mädchen und setzte sie auf dem Beifahrersitz des Notarztwagens ab. Sharon rührte sich aus ihrer Starre und fing an zu heulen. Maggie umarmte sie und versuchte zu trösten. Antonio stand reglos daneben. Seth trat neben ihn.

„Ist mit dir alles in Ordnung, Antonio?"

„Ja. Alles okay."

„Wer war das?", fragte Maggie leise. ...

Mit Leseproben unveröffentlicher Bücher sind Sie immer *Seitenweise Voraus*

Manuskript in Arbeit
Wird als Taschenbuch und E-Book erscheinen.

Anfragen für Lesungen aller Romane sind über meine Autoren Homepage möglich.
www.brita-rose-billert.de